我的虎爺好朋友

海德薇——著
王淑慧——圖

名家推薦

凌性傑（作家）：

《我的虎爺好朋友》這篇小說巧妙結合民間宗教常識，寫出一個轉學生小樂的日常生活。在校園裡被霸凌的小樂，因為撿到一隻被棄養的小土狗，激發出正向的能量。麻煩的是，渴望養狗的他，該如何取得家人的同意把小狗養在家裡呢？作者敘述小樂與狗的交會，畫面感十足。被霸凌的角色翻轉成為照顧者，拯救小狗也象徵著自救，思想極為深刻。土地公、二郎神、虎爺的正義形象、守護者特質，也設計得恰如其分，與小樂的成長歷程互為呼應。或許可以從中看出，成長本來就是一段尋求認同與信仰的旅程。

黃秋芳（作家）：

從僵固的現實困境中，裂生出甜美的小狗情緣，幸福和深情都伴隨著愛的付出，一點一滴改變了憂鬱、痛楚。從簡單生活通往日常魔法，生動的民俗，討喜的土地公和虎爺，二郎神的精巧改寫，兼顧原始河神象徵以及現代河川開發和整治的拉鋸；嘯天犬下凡的小小叛逆，又回扣到只問任務、不曾從俗的二郎神「聽調不聽宣」的神格特質，有點小任性，又張揚著相互依存的溫暖。

目錄

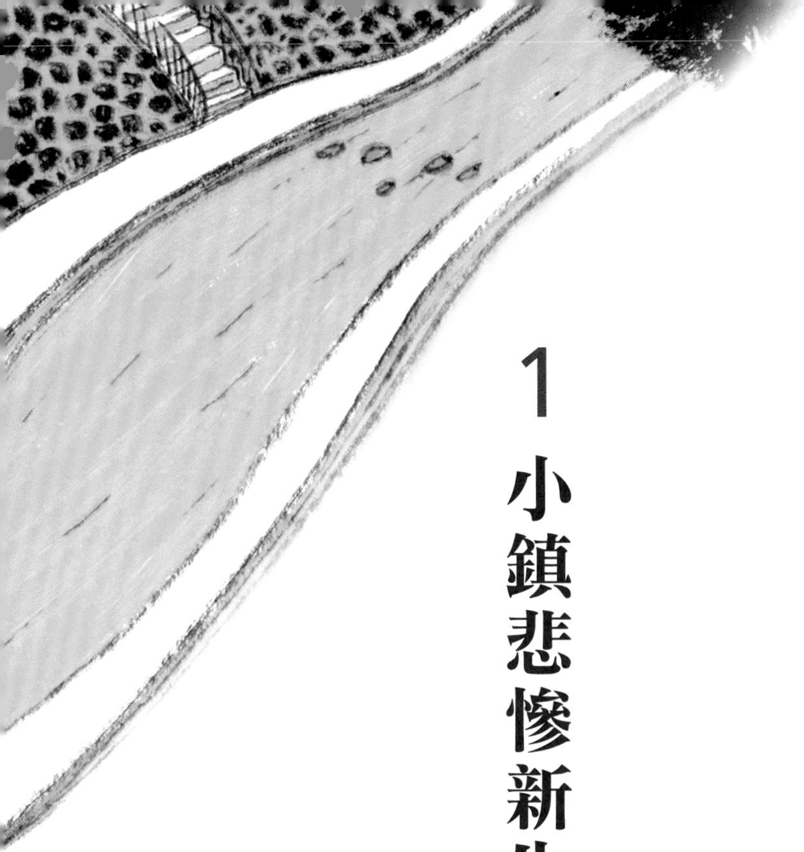

1 小鎮悲慘新生活

跑！

我拔腿就跑，帶著臉上和手臂上的原子筆塗鴉拚命往家的方向跑去，後方追趕的人顯然把塗鴉視為勝利的標註，他們在追逐理應到手的獵物。

「快追！別讓他給跑了！」

「死矮冬瓜，居然跑得那麼快！」

「喂，矮子，別跑哇。」

他們一共有三個人，嘴裡亂吼亂叫的那些話同樣以原子筆寫在我的皮膚上，「死矮子」、「笨蛋」等字眼以藍色墨跡塗得歪七扭八，我手背上還有一隻醜陋的烏龜，烏龜眼睛一大一小，大的像芝麻，小的則只有輕輕帶過一筆，是我趁他們專心作畫時掙脫的傑作。

結果他們還是不肯放過我，出校門後我已經奔跑著穿越兩條馬路，途中還經過市場，可能在我臉上畫畫太有趣了吧，那些人才會怎麼甩也甩不掉。

好喘哪，我絲毫不敢放慢速度，心臟噗通噗通狂跳，要是給他們抓到了，下場大概會比畫烏龜還淒慘。上一次，他們就把我足足一星期的早餐錢通通拿走了，害我每天早上吃空氣配口水，足足吃了好幾天。

幸好我長得不高，腳程卻超乎想像的快，幾分鐘後便和追我的人拉開距離，問題是前方三百公尺才真正是挑戰的開始。

土地公廟是我回家的必經之路，可是廟前廣場不利於想要躲開惡霸的國中生，我馬上就會孤零零地暴露在空地中，只要他們三個夠聰明，知道要分開來走不同的小路，便能輕輕鬆鬆在定點包抄我。

我只能祈禱他們的智商平均值沒有我高了。

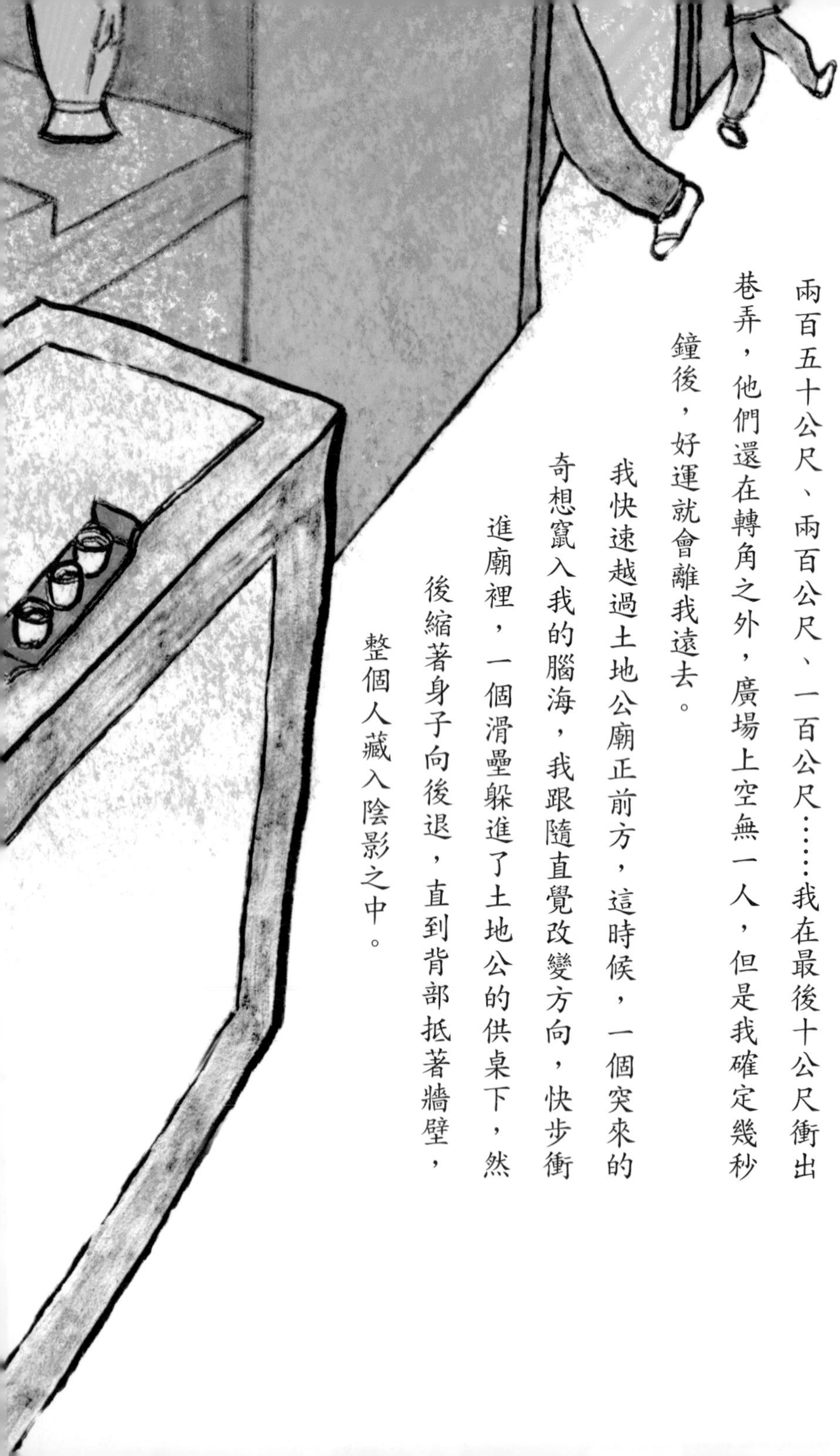

兩百五十公尺、兩百公尺、一百公尺……我在最後十公尺衝出巷弄，他們還在轉角之外，廣場上空無一人，但是我確定幾秒鐘後，好運就會離我遠去。

我快速越過土地公廟正前方，這時候，一個突來的奇想竄入我的腦海，我跟隨直覺改變方向，快步衝進廟裡，一個滑壘躲進了土地公的供桌下，然後縮著身子向後退，直到背部抵著牆壁，整個人藏入陰影之中。

不要發現我、不要發現我，拜託——

我猶如靜止的雕像，縱使頭髮沾滿蜘蛛網和灰塵，也不敢隨意亂動。

「奇怪？怎麼不見了？」外頭有人大吼。

「不知道哇，我剛剛從另外一邊彎過來，可是沒看到他。」有人回答。

可惡，錯估他們的智商了！我壓抑狂跳的心，慢慢調整呼吸，深怕發出任何聲音將他們吸引過來。

從我的角度看不見他們，但是能將抱怨的聲音聽得一清二楚。他們在廣場上繞圈子，互罵對方眼睛有問題，不然就是跑得太慢了。

「白痴啊，我明明看見矮子往你那個方向跑去！」

「真的沒有哇，是不是躲進哪家店裡，你跑太慢跟丟了啊？」

外頭的火氣逐漸升高，我打定主意躲在桌下直到他們離開，否則絕不出來。

桌子下滿是香灰和紙錢的氣味，黏膩的蜘蛛絲讓我的耳朵好癢，我撥開蛛網，輕輕抹在褲管上，分心的瞬間注意到蹲坐在我右前方的雕像，是虎爺。

那尊虎爺木雕的脖子上纏了一條紅布，半蹲半立的姿勢耀武揚威，和我此刻的狼狽模樣恰恰成為反比。

我覺得很羞愧，還要躲到桌子下面，讓威武的虎爺立於前方，自己則給蛛網弄得滿頭滿臉。可是同時我又感到些許欣慰，只要虎爺的雕像遮蔽來自外面的視線，必然能替我擋去危險。

「虎爺啊虎爺，如果您真的靈驗，拜託幫我趕走那些壞蛋吧。」我雙手合十在心中默念。

沒想到人算不如天算，廣場上的動靜打斷了我的祈求，我聽見他們居然商量著要進廟內尋找，老天啊，虎爺，我許的願望是請你幫我躲開他們，不是幫他們找到我耶！

六隻腳陸續跨過門檻，出現在我的視線範圍內，他們在門口探頭探腦，我的心也涼了大半截。

「欸，先看看廟祝在嗎？」

「沒看到，搞不好矮子就是趁廟祝不在，躲到後面的儲藏室去了。」

「那要不要分開來找找？」

我緊緊抱著自己的雙膝，憋氣屏住呼吸，假裝這樣就能不被那幫像殭屍一樣恐怖又嗜血的傢伙發現。

「什麼聲音？」其中一人忽然問道。

「狗叫而已啦。」另一個說。

「不對，不只是狗叫。」剛才那個聲音說。

下一刻我也聽到了，那可不是單純的狗叫，而是整群狗邊跑邊狂吠，像是幫派鬥毆一樣，轉眼間，凶猛的狗吠便來到土地廟前的廣場上。

「汪汪汪汪汪汪……」

「靠，你們最近有誰偷打了小狗嗎？為什麼這些狗全都衝著我們叫？」

「沒有啊，牠們只是對著廟叫吧。」

「拿東西趕走牠們不就好了，看看附近地上有沒有棍子或是雨傘？」

「天哪，牠們好像打算衝進來，是不是我們誤踏了牠們的地盤啊……」

齜牙咧嘴的吠叫此起彼落，我判斷狗群起碼有十幾隻，才能製造出如此聲勢浩大的音量，牠們發自喉頭的吼聲充滿了憤怒，不像是單純想把人類趕出勢力範圍，反而更像是來尋仇的。

「汪！」

「啊……」

沒等那三個傢伙對野狗下手，我便聽見狗群張嘴咬人，那些傢伙嚇得撒腿就跑，跑得跟後面有鬼在追似的，如果他們剛剛用這種拚命程度來追我的話，我肯定贏不了比我高大的學長們。

唉，在我轉學的第一天，就被那些三年級生給盯上了。事後我常常想，自己怎麼那麼幸運，每個年級有十個班，全校就有將近一千個學生，他們怎麼偏偏注意到我？這機率搞不好比被隕石砸到，或是發現自己是外星人流落地球的遺孤還要低。

不過今天我可能要時來運轉了，那些小流氓被狗追的聲音離我愈來愈遠，我也愈來愈放心。

「唉唷！」

一聲狗叫伴隨著一聲慘叫，我抿嘴偷笑。

走在回家的路上，我一邊用力搓掉臉上的塗鴉，一邊不停思索著他們為何要欺負我？轉學並非我所願，哪有人好端端國一讀了一個學期，卻轉學到另一個縣市就讀的啊？

國中耶，人的一生之中最容易學壞的年紀耶，怎麼可以不謹慎處理？

問題是抱怨也沒用，轉學和搬家都不是我能作主的，對爸爸媽媽來說，孩子就是一件額外的行李，只要手續辦好，東西整理好，就能夠拎著一塊兒走。

會搬到這個小鎮，是一連串事件組合起來的結果，先是和媽媽從小相依為命的外婆過世了，外婆的死對媽媽打擊很大，告別式後，媽媽就一直鬱鬱寡歡，情況持續了半年，身為公務員的爸爸發覺不能再繼續這樣下去，於是申請職務調動，希望帶著媽媽離開傷心地。

所以我們就跨越了濁水溪，來到台灣的另一端生活，從此展開我被三年級學生獵殺的悲慘命運。

我們在舊家留下了很多東西，包括舊的家具、舊的衣物和舊的心情，倒是帶走了爸爸一直誠心信奉的二郎神神像。可能爸爸需要宗教的慰藉，也期許我們搬家後在神明保佑下重新振作，不過現在看起來成效不彰。

新家是一幢五層樓公寓的四樓，為了節省房租開銷，爸爸找了個空間不大的兩房一廳，雖然從前的舊家也稱不上富麗堂皇，但是相比起來，大概就像從賽鴿住的鴿子籠換成賞玩用鳥籠，每況愈下。

但是我也發不了脾氣，我的爸媽都是性格溫和的人，從小便教我待人處世必須厚道，除非真的很生氣，不然我也凶不起來。這項缺陷直接反應在淪為學長們的玩物之上，而且開學幾個星期了，我也還沒交到朋友。這讓我不禁懷疑，為人厚道究竟有什麼用？

我回到新家樓下，再次仔細拍去殘留的灰塵和蜘蛛網，爸爸花錢買的嶄新制服因為我過街老鼠般的遭遇而變得又髒又臭，我得趕在丟進洗衣機前，先用手搓洗乾淨才行。

拖著腳跟爬上四樓，我掏出鑰匙開門，在玄關脫下球鞋，打招呼道：「媽，我回來了。」

「小樂？」媽媽的聲音來自主臥室，看來她又在房裡待上了一整天。

「媽？」我扭轉主臥室門把，探頭一看。

媽媽坐在床上，背後墊著兩個枕頭，身上依然穿著睡衣。她的雙眼滿溢疲憊和憂傷，眼袋十分厚重，即使一整天都沒有出門，卻好像沒日沒夜地連續工作了好幾個月。

「媽，妳有吃中飯嗎？」我問。

她的膝蓋上平放著一本老舊相簿，視線沒有移動，彷若被定定地黏在照片上。

「媽？」我再次喊道。

「嗯？」媽媽置若罔聞，以平板的音調問道：「小樂啊，今天過得好嗎？」

「還可以。」我嘆了口氣，用書包遮蔽自己，省得讓她看見皮膚上藍色的鬼畫符。「我先去洗澡，等一下就去加熱飯菜，再叫妳出來吃晚餐喔。」

「好。」媽說。

我再輕輕關上房門，遮遮掩掩地轉身離開。

絕對不能讓媽媽看見我身上的塗鴉，她因為外婆辭世已經夠傷心的了，花了半年時間還沒走出來，爸爸前陣子還特地帶她去看身心科，事實就是：我的媽媽得了憂鬱症。

我頹然走進浴室，轉開蓮蓬頭，在熱水的沖刷下瞪著鏡子，鏡中的我擁有和媽媽神似的輪廓，我想我應該從她那邊遺傳到許多基因，微卷的頭髮、單薄的嘴唇，還有不喜歡生氣的性格，會不會有一天我也罹患憂鬱症？

我用力抹上肥皂，拿刷子把藍色的墨漬搓到剩下淡淡的痕跡，顏色太深的地方就直接用指甲摳，最後塗鴉是被我洗掉了，卻在皮膚上留下一片通紅，宛如一個後天的胎記，算了，不管了。

洗完澡以後，我用微波爐熱好爸爸今早準備的飯菜，擺好碗筷，呼喚媽媽出來用餐。「媽，開飯囉！」

「好。」媽媽慢吞吞地步出房間，她這陣子瘦了許多，走路就像是用飄的，彷彿沒有重量。

我站在桌邊等她，替她拉開椅子讓她坐下，耐心等待媽媽好比格放的慢動作。她好憔悴，好瘦弱，手臂像纖細的樹枝一樣彷彿一折就斷，我已經和她等高了，也比她還壯了。

直到媽媽坐下，我才回到自己的座位，把餐具遞給她。「媽，筷子給妳。」

「小樂，謝謝你。你跟爸爸一樣溫柔呢！」媽媽朝我笑了笑，眼裡的落寞散開了些。

今天的晚餐有煎荷包蛋、炒空心菜和香腸切片。爸爸通常替我們準備加熱以後也不會走味的菜餚，這是屬於爸爸的體貼。我能幫忙的，就是在爸爸下班前代替他照顧媽媽。

「媽，吃飽飯後，我再切水果給妳吃唷。」我不停地往媽媽碗裡夾菜。

媽媽點頭。

開動後沒過多久，爸爸也回來了，他拎著一瓶家庭號的鮮奶和一條吐司，我在聽到樓梯間熟悉的步伐時替他添好飯，接著在他踏進門口時迎上前去接下手中的雜貨，再分別放於固定的位置，恰如平凡的每一天。

「小樂，謝謝。老婆，我先去給二郎神上香。」爸爸吻著媽媽的頭髮。

「好。」媽媽說。

爸爸走向客廳的神明桌，拈香後闔眼誠心祈求。神明桌上的早晚三炷清香，就和微波飯菜一樣是例行公事，二郎神楊戩是掌管水利與農耕的水神，爸爸剛好是水利署的員工，所以長年信奉二郎神，希望保佑工作順遂。不過，我猜他的願望中，應該有媽媽也有我吧。

「爸，吃飯吧，菜都快涼了。」我等到爸爸把香插進香爐後，立刻喊他。

「來了。」爸爸擠出滿是魚尾紋的笑容。

無論如何，平靜如陰天的家裡，比起被瘋狂龍捲風般討厭學長追逐的學校還是好得多。

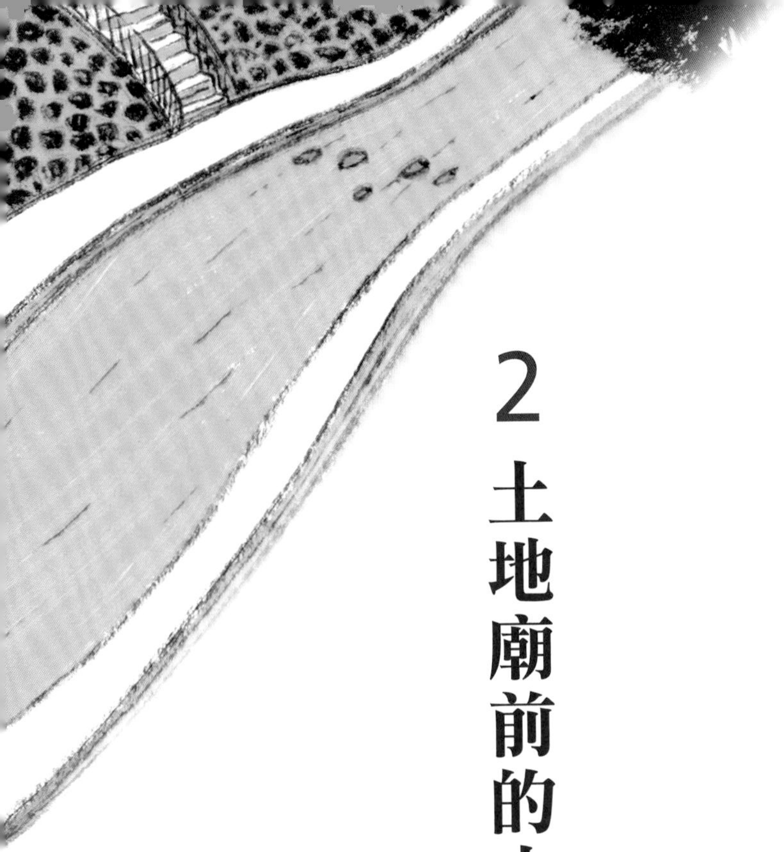

2 土地廟前的小狗

不是我發現了牠，是牠自己找到我的。

隔天早上，我利用從三年級學長魔掌逃脫、沒被勒索的零用錢買了兩顆水煎包當早餐，把這份微小的幸福拎在手上，晃啊晃地往學校的方向走去。

我照例經過了土地公廟前，邊走邊哼著歌兒，一天中最讓我心情愉快的時光莫過於思考早餐的內容、買好早餐、捧著熱騰騰香噴噴的早餐到學校然後大口吃掉的那段時間，而這股熱情將會隨著早自習時間鐘響煙消雲散，之後的每分每秒全都痛苦難耐，所以必須好好把握。

水煎包一顆是豬肉餡的，一顆是高麗菜的，光是決定要先吃哪一顆，我就能在心中拉扯好久，這也是生活的樂趣之一：延後得到獎賞，就是延長期待的喜悅。

我想，媽媽也應該要找出一個目標，成為日常生活的重心，就算是下午茶的一片餅乾也好，這樣就能擁有離開床鋪的理由了。

總之，我走在再熟悉不過的路上，經過土地公廟時卻發現了一件非比尋常的事情，在廟前廣場上的大榕樹下，居然有一個會發出聲音的紙箱，我確定我聽到了嚶嚶哭泣的聲音，不需要趨前走近，我便斷定箱子裡頭裝的是小狗。

小狗耶，毛茸茸的可愛小東西。我沒有養過狗，但是一直很想要擁有一隻。

小狗在紙箱裡哭著，可是卡在這個節骨眼上，校門關閉的時間也在每分每秒倒數計時，我的理智告訴我不要多事，再不趕快就要遲到了，可是另一半情感脆弱、神經兮兮的我卻命令我的腳步往前。

於是我懷抱水煎包即將壯烈犧牲的預感，走過去，掀開紙箱，和那隻目測不到兩個月大的虎斑土狗瞪視彼此。

牠的毛很短，相間的褐色和黑色形成天然的花紋，好像一隻初生的小老虎。牠的粉紅色舌頭也短短的，一會兒掛在嘴邊「哈哈哈」地衝著我傻笑，一會兒縮回口中，歪頭盯著我看，又或者，盯著我的早餐看。

是啦，我有兩顆水煎包，你想怎麼樣？

小土狗朝我搖搖尾巴，彈珠般圓滾滾的黑色眼睛眨了眨，所以我就投降了。

我把豬肉水煎包的麵皮剝開，露出裡面香氣四溢還冒著煙的肉餡兒，動作輕柔地扔進了紙箱裡。

本來我還以為牠會感激我的細心呢，結果牠舌頭一掃，一口就連皮帶肉囫圇吞下了肚，緊接著又抬起頭來注視著我，尾巴搖得跟電動馬達一樣有勁。

啊，早知道我就別那麼麻煩，還替牠剝皮了。我手上只剩下一顆菜包，現在衍生出新的問題，到底是要讓小土狗餓肚子，還是讓我自己餓肚子呢？

說不定牠不喜歡吃素……

最後，事實證明小土狗真的餓壞了，連高麗菜都吃得津津有味，施主啊，牠要是遁入空門，肯定會非常適應。

小土狗吃光我的早餐後舔舔我的手指，整灘口水留在我的皮

膚上，感覺又溼又癢，我的肚子十分空虛，心裡卻覺得扎實，彷彿裝滿了東西。

轉眼間距離校門關閉只剩下十分鐘了，我拍拍小土狗的頭，明知道不可能帶牠走，卻還是有點捨不得，最後我在遲到被罰站和惦記著小狗一整天中選擇了後者，狠下心來拔腿跑向那座肉體和精神的牢籠。

既然小狗被放在紙箱裡，就表示被人棄養，那麼，土地公廟的廟祝看見了，應該會幫牠找個主人吧？

是吧？是吧……。

後來這一整天我都過得心神不寧，數學課時盯著黑板發呆，國文課時張嘴假裝跟著念課文，實際上只是動動嘴唇、裝裝樣子而已。

午休時間我沒有睡著，滿腦子都是小土狗舌頭掛在嘴邊那副傻呼呼的模樣，到了體育課的時候，我終於像是活過來了，因為再過一兩個小時，就是我期待已久的放學時間。

我打定主意要去超商買一個狗罐頭請牠吃，最好是那種有充滿異國風情名稱的口味，例如「普羅旺斯小牛肉」或「模里西斯羊小排」，光聽名字就讓我流口水，我還沒吃過小牛肉，也沒去過模里西斯呢。

我滿心企盼著放學。

當然，放學意味著和學長的正面衝突，我討厭被小流氓追逐，但是和探望小土狗比擬，那點兒困擾似乎也顯得微不足道了。

結果，體育課才是本日最羞恥的恐怖回憶——

今天體育課上籃球，體育老師要我們分組進行投籃練習，每六個人一組。這下子尷尬了，我轉學才幾個禮拜，班上根本沒有比較熟的同學，加上不太擅長與人交際，其他人早就因為同班了一整個學期而找到好朋友。

每天中午，我都是自己一個人吃便當，這樣是要我上哪兒去找組員啊？

我左看右看，大家都迅速湊出了小組，就算人數不齊，只要吆喝兩聲就能擺平問題，只剩下我孤零零地沒人要，於是我收回目光，羞憤地盯著自己的鞋尖。

「沒有人要跟他一組嗎？」體育老師大聲問道。

喂，沒禮貌，話怎麼能這麼說呢？

「同學，你叫什麼名字？」體育老師問。

「林允樂。」我答。

「林允樂同學，那組還差一個人，你去參加他們那一組好了。」

老師做出裁決。

我頓時鬆了口氣，有人幫忙解決問題真是再好不過了，我又新學了一招，只要可憐兮兮地扭轉手指，就能引發他人的同情心。

隨後我抬起頭來，準備走向老師分配的組別，咦——

什麼嘛，缺人的那組……全部都是女生耶！

我認出其中一個女同學，她的名字是梁燕，坐在我左邊斜前方的位置。我會對她印象深刻，是因為她有一頭柔順的秀髮，和一張從來不休息的大嘴巴。

無論是上課還是下課，只要她沒請假，整間教室就都是她的聲音。

老實說，我覺得梁燕這個人真的很奇怪，她的廣播雷達像便利商店一樣三百六十五天全年無休，對任何事情都想發表高見。包括隔壁座位的男生遲到、國文老師的某一個冷僻字念得不對、中午營養午餐裡出現菜蟲……。

很多事情我覺得忍一忍就過去了，她都非得要大聲說出口，彷彿她的嘴巴是洩洪的水庫一般，要把腦中源源不絕的想法全部講出來。

根據我的觀察，班上同學要嘛就是覺得她很帶種很好笑，要嘛就是畏懼她，至於老師們的態度則很難講，大人通常很會掩飾自己的心情，雖然我認為主觀意識過於強烈的學生不太討喜，不過我的親身經驗是，不發表意見也不會比較容易贏得師長歡心。

「喂，林允樂，你還在幹嘛？快點呀，需要我們鋪紅毯讓你走過來嗎？」梁燕的聲音打斷我的思緒。

我環顧四周，發現沒有其他人注意到我，班上同學都開始各自的活動了，好吧，至少我沒有淪為笑柄。

我排進女生們的隊伍，非常有紳士風範地站在最後一個，耐心等待輪我投球的時刻。

半堂課過去，我們接連練習投籃好幾輪，我還幫女生們撿回滾走的球，有些女同學個子比我高，可是手臂軟弱無力，老是偏離籃框很遠，要不然就是高度不夠，連籃網都沒碰著，以組員而言，我認為我的表現還不錯。

「林允樂，你這麼矮，沒想到投籃居然投得進去。」梁燕驀地對我說道。

「投籃靠的是力氣和準度，不是身高。」語畢，我隨即發現自己說錯話了，趕忙開口澄清：「這並不代表我承認自己矮……以發育的時機而言，男生確實會比女生晚一點啦。」

梁燕奇怪地瞄我一眼，咕噥：「我又沒說什麼，你那麼敏感幹嘛？」

我倏地面紅耳赤，想要挖個地道當場逃走，什麼嘛，先是被女生嘲笑個子矮，接著又被吐槽太敏感，唉，我真的好想下課回家啊。

今天放學時的運氣很好，幸運之神似乎特別眷顧我，我沒有再被那些學長堵到，也許，他們找麻煩的對象不只我一個吧。

我幾乎是用跑的衝向那間土地公廟——大概和我被學長追逐的速度不相上下——急著想要馬上看看小土狗，那雙靈活的眼睛讓我惦記了一整天，不曉得牠餓了渴了的時候，廟祝有沒有幫著餵？

我只花了平常一半的時間就抵達目的地了，距離只剩十公尺，大榕樹下的紙箱還在原位，我卻沒有聽見小狗的吠聲，也沒有看見小狗的頭冒出來。

突如其來的寒意侵入我的骨髓，我感到全身發涼，宛若被人以冰水從頭澆下。小土狗呢？小土狗被人抱走了嗎？要是被壞人抓走，那該怎麼辦呢？

我大步跑向紙箱，猛然低頭一看，正好和那雙可愛的眼睛對上，小土狗興奮地以後腳站立，兩隻前腳搭在紙箱邊緣，衝著我直搖尾巴。

呼，幸好還在，我整個人鬆懈下來，隨即注意到一件詭異的事。是我眼花了嗎？怎麼小土狗好像一夕之間長大不少？

今天早上的時候，小土狗不過三個手掌長，我雙手一捧就端起來了，現在卻平白無故長到四個手掌長，我沒有養過狗，但這樣的成長速度未免太驚人了吧。

「汪！」小狗舔舔嘴唇。

「啊，我忘記買狗罐頭過來了！」我驚呼。

小土狗沒聽懂我話中的歉疚，牠表現出與早晨相同的熱情，絲毫不在意我手中沒有食物。

「怎麼辦，還是我現在去買東西給你吃？」我自言自語。

令人意外的是，小土狗竟從紙箱中一躍而出，牠用那雙比早上修長的雙腿一蹬，接著以笨拙的姿態掉出紙箱，一條後腿勾到了箱子外緣，所以絆了一跤，跌了個「狗吃屎」。

「哈哈，你沒事吧？」我摸摸牠的頭，牠則親熱地繞著我的小腿猛蹭。「你這個聰明的小傢伙，知道要向我討罐罐？走，帶你去買。」

我一手撈起地上的小土狗，捧在胸前往超商走去。小土狗體重很輕，約莫只有不到五公斤。

牠身上有股特殊的氣味，不是流浪狗很久沒洗澡的臭味，而是小狗特有的乳香。怪的是，我從來沒見過土地公廟附近有懷孕的母狗逗留，小土狗究竟是流浪狗產下的幼崽，還是被缺德主人棄養的毛小孩呢？

我買了狗食後馬上打開來給牠吃，看著小土狗迅速嚥下狗罐頭裡的肉塊，我的心裡湧起莫名感動，牠吃得真香，吃完後還又用舌頭把殘餘的肉屑舔得一乾二淨，吃相非常紳士。

「汪。」牠抬起頭看我，搖搖尾巴。

「不然，我帶你回家吧？」我說。

小土狗興奮地舔我的手，觸感又熱又溼又癢，令我笑著縮手。

我把這份喜悅銘刻在心，再度將牠摟在胸前，像是捧了一個熱呼呼的暖爐。我們家沒有養過寵物，爸爸常說，照顧媽媽和我已經足夠了，而且我們住的又是公寓，實在沒有空間容納另外一個會跑會跳的生命。

可是，小狗長得那麼可愛，爸爸媽媽一定也會喜歡牠的，我如此相信。

我帶著牠走過土地公廟，打算穿越小巷抄近路回家，我滿心喜悅，對於家中即將有個新成員而感到振奮不已。

「汪！汪！」小土狗忽然激烈地在我胸前扭動，差點從我手中掉落。

「怎麼了？」我停下腳步，重新將牠抱緊。

「汪！」牠瞪著前方。

順著牠吠叫的方向望去，我瞥見自己最不想看到的人——國三學長。

我以迅雷不及掩耳的速度閃進巷弄內，及時躲過了與對街學長們狹路相逢，真是有驚無險，他們沒看到我，若是要我抱著小狗奔逃，速度肯定沒有平常快，萬一當真被他們逮到，不僅我會倒大楣，小土狗恐怕也難逃遭受凌虐的命運。

「噓，不要出聲喔。」我對小狗說。

我們躲在幽暗的巷子裡，足足等了五分鐘才敢再次探頭張望，這時學長們已經走遠，我焦慮的心情也慢慢平穩下來。

緊接著，我意識到一個有趣的情況：好妙，小土狗怎麼曉得他們是我的仇人？

「你真是太聰明了！竟然知道要提醒我避開討厭鬼？」我詫異地說。

「哈……」牠歪著腦袋，吐出舌頭。

「人家說狗有靈性，你一定是我的福星，我非養你不可了。」我搖頭苦笑，問道：「狗狗，你想要叫什麼名字呢？」

「汪！」小土狗歪著腦袋，朝我們後方的土地公廟瞥了一眼。

「既然我在土地公廟撿到你，你又很像神桌下幫我擋災的虎爺，那就叫做『虎爺』吧。」我說。

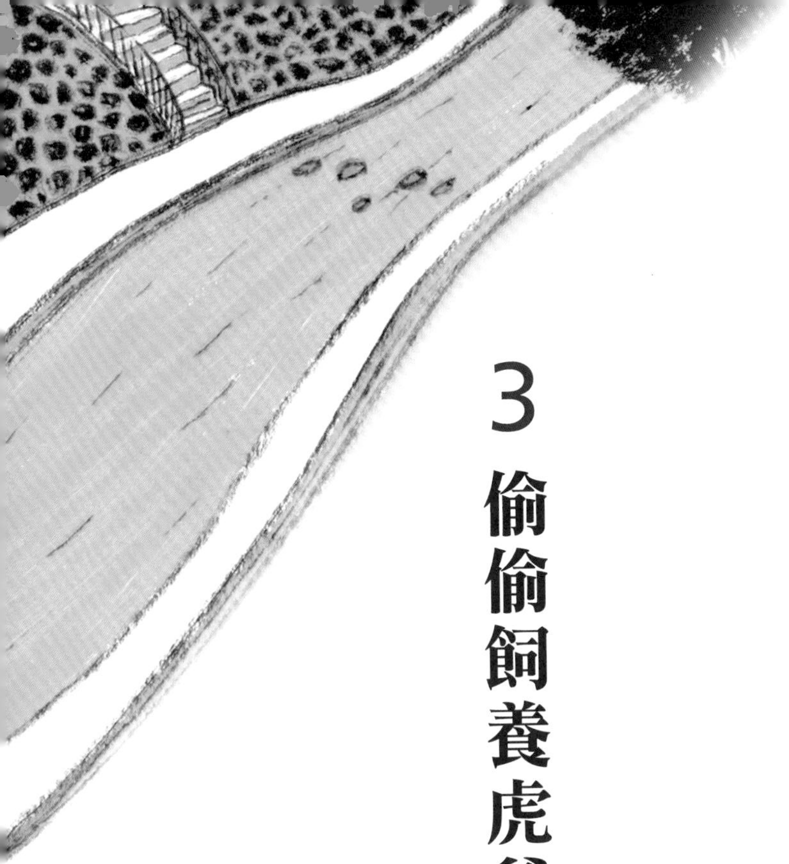

3 偷偷飼養虎爺

我摟著虎爺，牠一臉好奇地東張西望。

回家的路上我聞著牠身上特有的氣味，覺得像是下雨過後的水溝，帶點潮溼、清新和古怪的鬱悶，抱著牠就像踩在剛結束傾盆大雨的馬路上，有種準備要重新開始的感覺。

「媽，我回來了。」我照例在進門前大聲喊道。

只不過，今天不只是「我」回家了，而是「我們」。

「小樂，放學啦？」是爸爸的聲音。

我愣在玄關，這個時間爸爸應該還沒下班啊，糟糕，我本來是打算先過媽媽那一關，爸爸對媽媽一向心軟沒輒，只要媽媽同意，爸爸是絕對不會反對的。現在可好，我還沒準備央求爸爸收養虎爺的說詞呢。

「爸，你怎麼在家？」我訥訥地站在原地詢問。

「今天陪你媽到醫院回診，所以下午請假回來了。」爸爸說：「快進來啊，我買了烤地瓜當點心。」

怎麼辦？

我低頭瞅著虎爺，遲遲不敢跨過玄關，腦子像高速運轉的機器般動個不停，希望能在一分鐘內掰出一個養狗的正當理由。

「汪！」虎爺很不合作地害我們曝光了。

「是什麼聲音？」爸爸從沙發上坐直，老舊的皮椅發出咿呀聲。

我硬著頭皮，抱著虎爺走進客廳內，拚命盤算著如何誇飾虎爺的靈敏乖巧。在和爸爸四目交接的剎那，我立刻說道：「爸，我今天早上啊——」

「我們家不適合養狗。」爸爸的注意力馬上捕捉到陌生的小動物，並舉起手來打斷我說話。

「我都還沒講完耶！」我慌了起來，把虎爺的優點全都拋諸腦後，一心只想著爸爸無情的斷然拒絕。「我真的很想養寵物，為什麼不讓我養？」

「你看看我們家，公寓的環境並不適合養狗啊。」爸爸說。

「虎爺很乖，牠不會亂叫！」我抗議。

「養狗必須要有適當的活動空間，這麼小的狗崽還必須花時間訓練大小便，這些誰來做？」爸爸質問。

我轉頭尋找媽媽的身影，希望能得到媽媽的聲援。

爸爸彷彿看穿我的心思，說道：「你白天要上學，我也要上班，根本沒空管小狗，媽媽更是不可能，她自己都生病需要人照顧了。」

爸爸的一針見血讓我措手不及，媽媽的確是重要關鍵。成也蕭何，敗也蕭何啊。

「媽媽如果白天有虎爺作伴，就不會無聊了呀，虎爺還可以幫忙看家。」

「萬一小狗到處撒尿怎麼辦？破壞家具怎麼辦？你媽媽可沒有力氣跟在小狗後面到處擦。」

「我會負責把虎爺訓練好！」

「別說大話了，難道你不上學了嗎？」

「可是……」

「夠了！」

爸爸生氣地看著我，好像認為我很不懂事。我也滿臉不悅地回瞪他，虎爺在我懷裡扭動，不明白客廳中發生了什麼事。其實我也不懂，我的爸爸是個溫和的人，從來不對我和媽媽大小聲，今天他是吃錯什麼藥了？

「小樂，你也該長大了。」爸爸疲憊地揉壓太陽穴，他倒回沙發上，身上襯衫皺巴巴的，散發出睡眠不足的臭味。「照顧媽媽一個就很累人了，我說我們家不能養狗，就是不能養狗。」

我咬緊牙關，抱著虎爺一語不發轉身離開家門，以沉默表達我的委屈和氣憤。

我在頂樓找到一個空箱子，然後捐出了自己的貼身內衣，幫虎爺在公寓天台搭了個臨時的棲身之所，幸好初秋的天氣仍舊炎熱，小狗不至於會被夜晚的低溫凍傷。

「對不起，虎爺，你今天先委屈一點睡在紙箱裡吧，我明天再幫你找個新家。」我從書包裡掏出回家路上順道買的狗罐頭，打開包裝後看著虎爺津津有味地舔著肉醬。

明天會怎麼樣我也不曉得，但是今天，大概就只能這樣了吧。

我把虎爺偷偷養在頂樓，還從家裡拿了兩個便當盒，一個當牠的水盆，一個當裝食物的飼料盆。每天我都買最便宜的早餐，飲料錢也省下來，加上撲滿裡的存款，剛好作為虎爺的伙食費。

不知道這樣能夠撐多久，我的計畫是，當我再也買不起狗飼料，就偷渡爸爸煮的晚餐來給牠吃，過一天算一天。

才不到一個星期，牠就和一隻貴賓狗成犬的體型差不多，每晚我都藉口出去倒垃圾和散步，然後帶虎爺去附近的河邊走走，虎爺很喜歡河堤的草地，總是一鼓作氣衝進草堆，彷彿殺進重圍的騎士。

週末的下午我也會到河邊蹓狗，只要小心避開在樓梯間遇到爸爸或鄰居，這個計畫截至目前為止都還行得通。

今天是禮拜天，我再次帶虎爺去河邊玩耍，我特地存錢買了一包狗狗零食肉片，雖然手頭拮据，卻還是可以假裝這是一趟豐盛的野餐，無論如何，能和虎爺一起跑跑跳跳、和虎爺拉扯肉乾角力，都比關在教室裡和一群陌生的同學吃索然無味的營養午餐好，虎爺就是我生活中的小確幸。

晴朗的秋日午後微風徐徐，虎爺與高采烈地沿著河畔奔跑，牠短短的腿飛躍草堆的葉稍，讓牠看起來像是一匹勤奮的小馬。

「林允樂？」忽然間有人喊我。

我嚇了一跳，很擔心遇上我的死對頭，後來仔細想想，那些國三學長根本不曉得我的名字，如果是碰到他

們的話，應該會喊我「矮冬瓜」或「呆子」之類的粗話吧。

我四下張望，發現跟我同班的女同學朝我走來，還一邊揮手。

「梁燕？」

「喂，你在這裡幹嘛？」她腳邊跟著一隻白色瑪爾濟斯。

「沒幹嘛。」我不想承認我是來蹓狗的，跟她又不熟，很怕她的大嘴巴一廣播，明天全校都知道我撿到一隻小狗了。

「我帶我家的狗出來散步。」梁燕自顧自地說道：「牠不太喜歡出門，但是一直窩在家裡也不行，我爸說牠需要多運動，你知道的，瑪爾濟斯嘛，多接觸外界相對可以減少小型狗的神經質，讓牠不會一點風吹草動就拚命亂叫。」

「牠沒有亂叫啊。」

「沒錯。」梁燕得意地說：「我爸想太多了，我家的狗個性很好，才不是那種會隨便鬼叫或咬人的瘋狗呢。」說著，她捲起袖子，翻開手臂內側的疤痕告訴我：「這就是一隻吉娃娃咬的，在我看來，吉娃娃才是最凶狠的狗，長相雖然可愛，其實脾氣暴躁得很！」

「哇，妳很了解狗囉？」我順著她的話說道。不是為了奉承她，而是我對狗狗實在所知甚少，說不定跟她多聊幾句，我對虎爺的照顧也能更符合小狗的需求。

「我當然很懂狗啊，從小到大，我養過至少十隻以上的狗呢！」梁燕揚起下巴，驕傲得像是個狗類專家。「狗狗啊，我看太多了。」

「都是妳自己想養的嗎？」

「不是，通常是我爸帶回家的。」

這時候虎爺跑回我身邊，牠對白色瑪爾濟斯表現出高度興趣，小尾巴搖得像是裝了電動馬達一樣，還不停探頭嗅聞。白色瑪爾濟斯似乎已經有點年紀了，牠懶洋洋地席地而坐，對虎爺的示好完全不領情。

「咦？這是你的狗嗎？」梁燕瞪大眼睛，以高八度的聲音尖叫：「好、可、愛、唷！」

「呃……」我愣愣地看著她就地蹲下，雙手不停揉著虎爺的毛髮，虎爺則興奮地舔起她的手指頭。「我還以為妳早就對小狗狗免疫了呢。」我說。

「好小、好可愛唷！」梁燕笑著重複，「我家的狗通常是我爸撿回來的成犬，你剛剛幹嘛不說你也有養狗啊？」

「妳也沒問啊。」

她的話匣子一開就停不下來：「而且牠好小喔，應該還不滿一歲吧？我一直想幫『小雪球』找個玩伴，可是我鄰居養的是哈士奇，體

型差太多了，沒辦法玩在一起，哇，你看牠一直舔我，好像很喜歡我耶！嘿你這個可愛的小男生，是不是很喜歡姊姊啊？」

突然間，我的地位從一個毫無存在感的同班同學晉升為可愛小狗的主人，我平常毫無交集的同學拚命想要找話題跟我聊。

「你的狗叫什麼名字？」她問。

「虎爺。」我說。

「虎爺？一定是因為牠身上像老虎一樣的斑紋吧！真帥！」梁燕誇讚。

「其實是因為牠很機伶，又是在土地公廟外面遇到的，我覺得應該是虎爺保佑，所以才給牠取這個名字。」我解釋。

「你以後打算騎牠上學嗎？駕？」

「啊？」

梁燕看我一臉呆滯，噗哧而笑說道：「我開玩笑的啦，虎爺不是土地公或城隍爺的座騎嗎？你怎麼那麼沒有幽默感啊！」

「喔。」我抓抓頭，「原來妳是這個意思。」

「你很悶耶，難怪在班上都沒有人要跟你當朋友。」梁燕搔搔虎爺的頸子，虎爺舒服地躺了下來，四腳朝天向她撒嬌。

「妳講話還真惡毒，這樣就能交到很多朋友嗎？」我想都沒想，立刻頂了回去。

梁燕聽了渾身一僵，頓時氣氛猶如凝滯的低氣壓。我意識到自己說了不該說的話，慘了，她是不是要哭出來了？

「妳在生氣？」正當我準備要道歉的同時，她卻放聲大笑。

「林允樂，說到嘴賤，我看你也不差嘛，哈哈哈！」梁燕狂笑不止。

笑聲的感染力異常強烈，我看著她笑到眼尾淌下淚水，自己也忍不住笑了出來，心中暗自慶幸梁燕雖然講話直接又毒辣，至少為人爽朗，要是我今天招惹到的是那種愛記仇小心眼的女生，才真的完蛋了。

直到笑聲漸歇，梁燕才抹抹眼睛再度說道：「虎爺是個好名字，牠長大以後一定是個小帥哥，對了，你是在哪裡撿到牠的？」

「妳怎麼知道虎爺是撿來的？」

梁燕翻了個白眼，道：「牠是米克斯呀，一看就知道了。」

「上禮拜在土地公廟附近撿到的。」

「那還沒幾天嘛，所以還沒打預防針？也沒有植入晶片囉？」她拋出一連串的問題。

我雙眼無神瞪著地面，老實說，她剛剛提到的問題，我一個都沒有認真考慮過。

唉，該怎麼告訴她，我爸根本不打算養虎爺的事呢？萬一她發現我把虎爺養在頂樓，沒有克盡主人該有的職責怎麼辦？她會向流浪狗協會還是捕狗大隊告發我嗎？

看來我太低估養狗的責任了，不知道從小到大一共要打幾支預防針？會不會就算是努力存錢，我也養不起虎爺啊？

「打預防針……會不會很貴？」我的嘴巴不管我的腦袋，逕自洩漏了我的祕密。

「原來你是擔心錢的問題嗎？這些都好辦，我爸是獸醫，你把虎爺帶來我家的寵物診所不就好了？你是領養流浪狗的好心人，我爸不會跟你收費的！」梁燕笑著說。

4 歷史分組報告

「所以說，等到這附近的河堤養護工程計畫開始推動以後，我們就有一條貫穿縣市的自行車車道了，聽起來很棒吧？」爸爸邊吃飯邊長篇大論起他近期的工作內容。

「真是太好了。」媽媽微笑。

雖然不太理解，我還是每隔一段時間就對爸爸點點頭。其實我心裡惦記著頂樓的虎爺，牠活潑可愛的模樣已經占據了我的心，若是虎爺能和我們一起吃晚餐，不用在樓上吹風，該有多好哇？

「不過在開工之前，還必須先處理河川整體治理問題，確認防洪、排水相關設施的安全檢查，我還得安排挖土機進入河道疏濬，需要一段時間才能施工。」爸爸又說。

河川整治？假使河邊的草皮因為施工而圍起來了，我該帶虎爺去哪裡散步呢？

「小樂？」爸爸喊我。「小樂，你想什麼想得那麼出神？」

我猛然回神，發現爸爸媽媽正盯著我看，連忙扒了兩口飯掩飾失態。

「沒有啊，咳咳。」

「你這孩子，最近怎麼老是心不在焉的？」爸爸狐疑地凝視我，道：「該不會還因為不讓你養寵物而生悶氣吧？」

「哪有，我只是在想，如果有了自行車車道，Ubike租借站應該也會進駐吧？」我連忙拉回原本的話題，果然順利移轉了爸爸的注意力。

「那是自然，到時候我們就可以一家三口一塊兒去河邊騎車了。」爸爸笑呵呵地說。

「這項工程會持續多久呢？」我問。

爸爸的臉色突然沉了下來。「嗯，這很難說。我希望是兩個月內可以完工，但是聽說秋天是自殺旺季，這條河的上游剛好有一處自殺勝地，要是施工期間出現一兩起意外，絕對會延宕工程進度……唉，我跟你說這個幹什麼？我真是糊塗了。」

媽媽不以為意地笑了笑，我聳聳肩，全家一起外出騎自行車的畫面對我來說簡直遙不可及，外婆過世之前，我們每個月會和媽媽回鄉下娘家一趟，然後從倉庫把外婆家的老古董自行車牽出來，一家三口沿著田埂騎車。

其中一台年代久遠的銀色自行車曾經是外公的寶貝，仔細保養過後交接給爸爸，另一台狀況最好的紅色摺疊車則是鄰居送的，當時我還比媽媽矮一個頭，理所當然由媽媽騎紅色那台，我就以媽媽學生時代的粉紅色淑女車代步。

很好笑吧，一個男生騎著粉紅色淑女車在鄉間亂逛？爸爸安慰我說，至少握把沒有繽紛的彩帶，輪圈之間也沒有那種會隨著輪子旋轉而躍動的彩色塑膠珠飾。況且鄉下地方約定俗成的觀念是東西能用就好，要愛物惜物，街坊鄰居有誰在乎是不是符合時尚標準啊。

是啊，那個時候外婆總是會準備清涼的楊桃汁等我們回家享用，爸爸也還擁有幽默感。現在回想起來，騎粉紅色淑女車彆扭的心情早已被淡淡的憂傷和懷念取代了。

自從我們搬來北部，遠離媽媽的傷心之地以後，媽媽連踏出家門都有困難，彷彿公寓有道隱形的門，把她關在屋內。我認為，那道門其實只存在於她的心裡。我沒有問鄉下的那幾台自行車上哪兒去了，八成都送給收破爛的，讓資源回收廢物利用了吧，不知道對過去的緬懷能不能廢物利用呢？

「你不吃雞腿嗎？」爸爸問。

「要啊，我想把最喜歡的留到最後吃。」我望著完整的雞腿，拚命壓抑渴望，邊流口水邊回答。

「喔？什麼時候養成這個習慣的？」爸又問。

「最近。」我心虛地回答。

「好吧。」爸爸放下碗筷，溫柔地對媽媽說道：「老婆吃飽了嗎？我陪妳去客廳休息吧。」

「吃飽了。」媽媽自座位上起身。

爸爸摟住媽媽的肩頭，像是哄騙孩子一般帶著她離席，兩人一起去客廳看電視。沒過多久，爸媽的注意力便被一則食安風波的新聞吸引，爸爸指著電視螢幕大放厥詞，媽媽則不時點頭附和。

我在確認他們完全忘記我的存在以後，偷偷找了個乾淨的塑膠袋，把那支香酥油亮的烤雞腿裝進袋子裡，然後藏進口袋，又過了將近十分鐘，才假借倒垃圾和散步運動的名義溜出家門。

等到垃圾車一走，確認樓梯間淨空之後，我當然是迅速往樓上爬，過家門而不入，直衝頂樓找虎爺去。

「吃吧，吃吧，這可是我晚餐中最精華的一部分呢。」我蹲踞在天台上，滿意地瞅著虎爺以光速解決了那根雞腿。

「哈。」牠舔舔嘴巴，舌頭垂在嘴巴外。

託梁燕的福，虎爺免費打了預防針，也已經植入晶片，就算牠不小心跑到街上，別人也能夠輕易透過晶片上的資料與我聯繫，大大降低了被捕狗大隊抓走的風險。

「吃飽了嗎？我來教你幾招特技吧。」我搔搔牠的脖子。

虎爺親暱地在我腿邊磨蹭，尾巴搖得像快轉的雨刷，接著牠往地上一躺，翻過身來露出肚子要我摸。

「現在不是摸肚子的時候啦，來，坐下，坐、下。」我命令。

虎爺滾了一圈坐站起，舌頭縮回口內，歪著頭以真摯的目光盯著我看。很好，這個學生態度正確。

「坐，坐下。」我伸出食指比地板。

牠把頭歪向另外一邊。

奇怪，是我的手勢不對，還是語調不對？

我清清喉嚨，換一種更為沉穩的口氣，手掌做出往下拍空氣的動作。「坐下。」

牠的頭歪向原本那邊，搖搖尾巴。

我索性伸手去壓牠的屁股，以最直接的動作教牠什麼是坐下。

「坐下啦。」

「噗！」也許是因為我的刺激，虎爺頓時放了一個好大好臭的屁。

「天哪，你吃了什麼？」我霍地自地板起身，一手捏住鼻頭。

「太噁了吧！」

虎爺的屁味猶如烏賊車排放的廢氣，又濃郁又可怕，誰跟在後面誰倒楣。那屁味聞起來帶點甜膩，像是過期很久的香腸，莫非虎爺的體質易於常「狗」，怎麼剛吃下去的雞腿會變成這種東西？

正當我還沉浸在氣味的衝擊中難以回神時，虎爺竟然又出了新招，牠抬頭對著夜空，扯著嗓門吼叫起來。

「嗷嗚！」

「你幹嘛啦？」我急忙摀住虎爺的嘴。「絕對不可以亂叫，要是被樓下的人知道你在這裡，很可能會把你趕走耶，笨死了。」

「哈。」虎爺甩開我的手，舔了我一口。

每個星期一早上，我都會被週一症候群整得七葷八素的，症狀包括倦怠、憂鬱、心情低落並且不想講話。

咦，等等，我平常就不太講話了，所以最後一項不能成立。

尤其是每週課表的第一堂課就是我最不喜歡的歷史課，更是讓症狀加劇。我們班的歷史老師是個和藹可親的老太太，說起話來非常講究捲舌，帶有某種不知名的大陸鄉音，聽說她的祖先是滿清貴族，所以她熱愛歷史，班上同學私底下都稱她為格格。

不管格格對自己教的科目懷抱多大熱忱，只要是必須背誦條目和專有名詞的課我都很反感。何必死記中國歷代皇帝事蹟呢？這種可以翻書或上網查詢的資料，通通放在雲端硬碟就好了，根本就不該浪費個人有限的腦容量。

今天格格穿著一身紅色牡丹花的旗袍，我揉揉眼睛，沒錯，真的是旗袍，不是我還沒睡醒所以眼花。等會兒格格可能會要我們每個人向她行屈膝禮，還要把小絲巾甩到肩後，高喊「格格吉祥」。我會知道她身上那一朵一朵誇張俗豔的大花名為牡丹，也是因為歷史課本上的插圖出現過許多次，有時候我覺得無聊，就會把整本課本的插圖翻看一遍，用來打發時間。

加油，加油，快要下課了。我拿著筆在課本的空白處隨意塗鴉，教室內的時鐘顯示再過十分鐘就會敲鐘下課，枯燥乏味的課程忍一忍就過去了。

「孩子們，今天我要出一項很特別的作業。」格格以愉快的目光掃視班上同學，立刻引發哀鴻遍野。

「作業？拜託不要啦。」有同學低喊。

格格無視於我們的反對，逕自又道：「許多同學們對於歷史的認識往往僅限於歷史是『過去的事件們』，只是記憶一些枯燥又繁瑣的人名、地名與年代。我們是社會的動物，也是時間的動物，除了『現在』這個時間點外，每個人都背負了過去，因為『過去』才造就了現在的自我。

「歷史是自我認知的一個重要因素，少了時間軸的思考，將讓我們缺少自我了解，透過不同文化圈、家庭、教育等等時間的塑造，每個人才能成長為一個獨特的個體。

「老師希望你們以認知『我是誰』作為面向，針對『在地文化』進行分組作業，兩個人為一組，題目是『吾鄉吾土』，請你們深入闡述自己和我們居住的這塊土地的關連，敘述家鄉如何造就你、影響你。」

格格在黑板上寫下「吾鄉吾土」四個大字。「報告內容一千字，給你們兩個星期的時間撰寫，下下週一早上的歷史課繳交。」

講台下窸窸窣窣的抱怨聲連綿不絕，就像沒有扭緊的水龍頭般滴滴答答。

對於這個壞消息，我心裡也是罵聲連連，只是不像其他同學敢大聲說出口，我的身體內建了反擊「寫作業」和「考試」的過敏機制，只要察覺上述兩種活動跡象，便會自動產生心悸盜汗、緊張碎念等反應，尤其當我聽到「分組」安排時，更是情緒低落到不行，

「幹嘛？一千字太少了嗎？我知道你們班上同學都是大文豪，一動筆就停不下來，既然如此，還是要改成兩千字？」格格問。

「一千。」同學們異口同聲。

「還有人有其他意見嗎？」格格問。

台下鴉雀無聲，大家都學聰明了，一千字報告可以用網路上的資料拼拼湊湊，再加上一些自己的看法完成，但兩千字報告的難度可比一千字高出不只一倍。

好吧，報告我應該寫得出來，頂多當做自傳來掰就好了，但是要我憑空生出另一個組員，簡直比登天還難啊。

「確定沒有其他意見囉？」格格滿意地拍拍裙襬，開始收拾課本。

我拚命壓抑自己舉手提問的愚蠢衝動，我想，格格應該不會樂見有學生提出寧可獨自完成報告的異議吧。

下課鐘響幾乎是即刻沖淡了班上對於分組作業的怒氣，同學們一哄而散，男生三三兩兩聚在一起聊手遊或是去操場打籃球，女生則結伴去上廁所或是相互串門子。

我趴在座位上，以眼白瞪著黑板上歷史老師的筆跡，了無生趣大約就是這個意思吧，那幾個龍飛鳳舞的字等於宣判了我的死刑。

我暗自盤算著去找歷史老師告解找不到組員的最佳時機。到底應該事前預告，還是交報告的時候再一把鼻涕一把眼淚地跟老師哭訴呢？說不定後者還能博取幾分同情分？

「林允樂？」有人敲敲我的桌子。

「嗯？」我抬起頭，看見斜前方的梁燕翹起椅腳，轉身面向我，我沒料到她會在教室裡跟我講話。「幹嘛？」

她幹嘛跟我講話？幹嘛跟一個別人眼裡又自閉又無趣的魯蛇講話？

「我帶了這個給你。」梁燕從抽屜中掏出一本《新手養狗指南》給我。

「呃，謝謝。」我不好意思地收下書，看來還是有人會突然神經錯亂，跟我攀談幾句。「不好意思，我該付妳多少錢？」

梁燕雙眼一翻，罵道：「一百萬啦！神經啊，幹嘛以小人之心度君子之腹？書是送給你的，免得我們的男子漢虎爺被你當貓咪豢養。」

「喔，謝啦。」我不好意思地抓抓頭，瞬間覺得自己的表情八成和虎爺露出舌頭時一樣傻氣。

「喂，歷史報告要不要和我一組？」梁燕冷不防地問。

「真的可以嗎？」我喜出望外，沒等我出手，問題便自動消失了。

「當然好啊。」

「那就這麼說定了，不要以為跟我一組就可以不做事喔！」她斜睨我一眼，然後轉回身去。

我凝望她的背影，嘴角不住向上揚起，噢耶，我有組員了，暫時不用去找歷史老師哭訴啦。

5 母親再展笑顏

梁燕和我如火如荼地展開了我們的歷史分組報告，就在協議合作的當天，我們放學一起走回家，順道在路上討論報告怎麼寫。

由於我才剛搬來不久，對本地歷史不算熟悉，所以梁燕很機伶地挑了個相對容易下手的題目——「地區神祇與居民日常的交互關連」，簡單來說，就是拜土地公。

「土地公這個題目很不錯耶，除了基督徒或伊斯蘭教徒，大部分台灣人都有拜土地公的習慣，就算沒有虔誠的佛道教信仰，經過土地公廟也會順手合掌拜一下吧。」我發覺跟梁燕相處很輕鬆，話也跟著多了起來。

「對啊，有些民眾初一、十五會去拜拜，像我們家的診所，則是初二、十六的時候會拜，土地公和人民的生活密不可分，什麼大事小事都可以去請土地公幫忙，每次只要考試我媽就會帶我去拜拜，我想，祂應該算是民眾的心靈寄託吧。」梁燕說。

「好啊，那我們就從食衣住行育樂各個方面依賴土地公的方式著手好了，不過，這樣寫好像滿籠統的。」我思忖。

「這個簡單，除了你和我的個人生活經驗，我們再加入一些在地的土地公元素，例如鄉野傳奇之類的，這份報告就會很有特色啦！」梁燕說。

「好主意！」我誇道。

「不客氣，你也動腦想一想嘛，不要讓我覺得你都沒做事。」梁燕翻了個白眼。

「幹嘛這樣說？好歹我也跟我家附近那間土地公廟混得很熟。」我回答。

這是真的，我可是曾經被三年級學長追到無處可躲，只好鑽進土地公的神桌底下避難呢。

說到那些小流氓，最近好像都沒看到他們，最好是被退學了，以後我們就不會再有任何瓜葛。如果能被抓進少年觀護所更好，他們需要好好被教化一番。

「那你認為，我們該研究幾間土地公廟呢？」梁燕問。

「才一千字的作業，寫離家最近的那一間就好啦。」我說。

「不要這麼懶惰，既然要做就做到最好，我聽說在靠近山上的河邊有個自殺勝地，那裡的土地公廟一定能挖到更多有趣的軼聞，像是意外落水溺斃啊，或是土地公顯靈之類的故事。」梁燕雙眼炯炯有神，一講到八卦，她精神都來了。

「不好吧？」我聽得雞皮疙瘩都起來了。

我生平最不喜歡碰觸危險的事物，連會欺負人的學長我都要拚了老命避開了，居然還要我主動去接近危險的神靈？

「就這麼說定了。」梁燕雙手握拳，彷彿下定決心。

「誰跟妳說好了啊？」我嘀咕：「妳將來如果不當記者就可惜了。」

我們繼續並肩而行，雖說我對於梁燕天生熱愛冒險犯難的精神很不能苟同，但有個朋友能聊上幾句，替一整天無趣的學校生活增添一點色彩，感覺還是相當不錯。

「對了，你為什麼要轉學啊？」梁燕突然劈頭問道。

「這個有點難解釋。」我猶豫著該不該說出事實，以及該說多少。

考量到梁燕是個超級無敵霹靂大嘴巴，假使不想今天晚上就榮登班級八卦集散部落格搜尋排行榜第一名，最好還是謹慎至上、小心為妙。

「說嘛。」她推了我一把。

我向她投以不信任的目光，她則用更冷冽的眼神瞪著我看。

「該不會你爸是通緝犯，你們一家在跑路吧？」她以雙手環抱自己，裝出害怕發抖的樣子。

「才不是哩！」我無奈地搖搖頭，隨後講起了我家的故事：「我爸和我媽是青梅竹馬，兩家人彼此認識，因為我奶奶走得早，爺爺也在爸爸大學的時候過世了，所以外婆把爸爸當做自己的兒子般疼愛，就算爸爸媽媽結婚以後搬到都市生活，也是每個月都回老家探望一次。」

沒想到一開口以後就停不下來了，我的嘴巴滔滔不絕地說個沒完……

「我爸是公務員，我媽是網頁設計師，自從我出生以後，媽媽就在家工作，主要心力還是放在照顧小孩身上。他們本來希望外婆離開鄉下，搬來和我們一起住，可是外婆不肯，說什麼習慣了鄉間的生活，不喜歡大都市的擁擠和吵鬧，因為外婆在老家有很多朋友，所以爸爸媽媽也就不勉強她，隨著她的意思。

「外婆的身體一直很硬朗，沒什麼退化的跡象，爸爸媽媽也就很放心她一個人獨居。沒想到有一天半夜，外婆只是起床上廁所，可能因為想省電，就沒有打開浴室的燈，結果在黑暗之中不小心摔了一跤，等到隔天早上鄰居來串門子，才發現她已經過去了。」

講到這裡，梁燕倒吸了一口氣，我心中某個遭受忽略的痛點也隱隱約約活躍起來。

「我媽非常自責，她覺得如果當初硬要外婆搬家的話，就不會發生這起意外。」我說。

「雖然這樣講有點事後諸葛啦，不過我倒認為留在習慣的地方生活，你外婆最後的時光起碼都是幸福的。」梁燕道。

「可是我媽不這麼想啊，因為過於自責，她還因此罹患憂鬱症，爸爸只好帶著我們搬得遠遠的，希望能夠重新開始。」我說。

「那搬家有幫助嗎？」她問。

我苦笑道：「目前看起來是沒有。」

梁燕眼中流轉著同情，繼而問我：「那你呢？你還應付得來嗎？」

「反正差不多就是那樣子。」我聳肩，接著神色嚴肅地警告她：「喂，我剛剛跟妳說的那些，不可以告訴別人唷。」

結果她賞了我一記滿是輕蔑的衛生眼。「神經病，我才沒那麼無聊，你又不是什麼名人，你的日常生活也不能出賣給八卦雜誌，跟別人說我有什麼好處？」

這時我才發覺，原來梁燕也沒有想像中的那麼長舌。故事說完以後，我們也走到了該要分別的岔路，於是兩個人停下腳步道別。

「我覺得你可以鼓勵你媽帶虎爺出去散步，寵物治療行之有年，許多研究都指出狗狗可以幫忙緩解人類的壓力，一些經過訓練的寵物狗甚至可以輔助治療，幫遭受心理創傷的美國退伍軍人擺脫對藥物的依賴。」梁燕認真說道。

「我確實讀過狗狗對於身心障礙孩童有正面影響的新聞報導，可是，要我媽帶虎爺去散步，有執行上的困難。」我嘆了口氣，決定再和我的新朋友分享一個祕密。「我爸不讓我帶虎爺回家，所以我把牠養在我們家那棟公寓的頂樓。」

「你是說，你一直背著家人，把虎爺養在沒有屋頂的天台？」梁燕大驚失色。

「不然咧？我爸就不准啊。」我雙手一攤。

「可是，萬一下雨怎麼辦？更糟糕一點，颱風來了怎麼辦？或者，冬天的時候又怎麼辦呢？虎爺是短毛狗，在外面吹風淋雨會生病的！」梁燕氣呼呼地指著我的鼻子大罵。

「謝謝妳的支持喔，我怎麼都沒想到牠會感冒？」我回嘴。

「唉。」梁燕再度瞪了我一眼，道：「你最好快點跟你爸媽攤牌，乾脆就用寵物治療的理由把虎爺帶回家，不然等到天氣變冷，我們就得幫虎爺找一個新的家了。」

「好啦，我知道了。」我承認。

這天的晚餐很豐盛，有毛豆炒蛋、滷排骨和炒花椰菜，滿桌佳餚，我卻沒有什麼胃口。

我一如往常，把所有飯菜加熱之後呼喚媽媽出來吃飯，在爸爸的悉心照顧與我的督導之下，媽媽的病情沒有惡化，我想也算是萬幸了。有時候看到新聞或電視中描述憂鬱症患者的模樣，都很擔心媽媽的健康每況愈下，爸爸轉述醫生的看法為「媽媽現在穩定且持平，請繼續保持下去」。

「媽，今天在家都做了什麼呢？」飯桌上一片寂靜，所以我找話題和媽媽聊天。

「也沒什麼，就看了看相本。」媽媽夾起一粒毛豆，塞進嘴裡慢慢咀嚼。

「最近爸爸常加班，妳一個人會不會睡不好？」我問。

「還好，早就習慣了。」媽媽垂下眼睫。

我思索著媽媽的回答，不太明白她的意思是「早就習慣爸爸加班」、「早就習慣睡不好」還是「睡得還可以」，可是又怕繼續追問下去會把她逼得太緊。

「如果需要我陪妳就說一聲喔。」我叮嚀。

「好，小樂，謝謝你。」媽媽微笑。

我翻弄著滷排骨，用兩枝筷子剔掉骨頭以後擺在盤子邊緣，打算把肉塊留給虎爺，雖然牠不能住在家裡，但天天都有肉吃，比起街上的流浪狗，命不算差。

這時我注意到媽媽也沒有吃她的滷排骨。

「媽，妳怎麼不吃肉？要不要我幫妳把肉從骨頭上弄下來？」我問。

「沒關係，其實我不太餓，排骨你幫我吃掉好了。」她用筷子夾起少許飯粒，慢吞吞地送進口中，看起來好像真的沒有食慾。

「妳哪裡不舒服嗎？」

「我沒事，排骨你拿去，真的沒關係。」

「喔，那好吧。」我為虎爺今晚獲得的大餐暗自高興。

我照樣在餐桌上混水摸魚，等到媽媽用餐完畢才匆匆打包排骨，趁著倒垃圾的機會跑到頂樓探望虎爺。

我對這隻小土狗的感情與日俱增，看著牠三兩下把那塊排骨嚥下肚裡，讓我空虛的胃部也跟著滿足起來，彷彿飽餐一頓的人是我自己一樣。

「乖唷。」我拍拍牠的腦袋，牠則將兩隻爪子搭在我的腿上，朝我猛搖尾巴。「梁燕說，週末做田野調查的時候要帶你一起去，你說好不好啊？」

「汪。」

「噓，小聲點。」

虎爺躺在地上翻出肚皮，對我露出渴求的目光，我知道牠的意思是要我幫牠搔搔肚子，這是牠慣用的技倆。

「汪！」

「不是要你低調一點嗎？」

突然間，虎爺一個翻身迅速起立，盯著我身後猛瞧，尾巴搖晃的速度放慢，先是顯露出遲疑，接著卻搖得更激烈了。

「小樂？」背後傳來媽媽的聲音。

我心頭一凜，一種大難臨頭的恐懼感降臨，彷彿媽媽當場呼了我一巴掌。慘了，要是被爸爸發現，他該會多麼生氣？

我嚇得支吾其詞：「媽……其實……」

「小樂，你忘了把我的那塊排骨也拿上來了。」媽媽溫柔地說。

我懷疑自己聽錯了，不斷再三回味媽媽所說的話。

媽媽纖細的身影步步靠近，她把排骨從盤子中夾到虎爺的食盆裡，動作再自然不過，虎爺則舔了舔她的手指，讓媽媽不禁笑出聲來。

「小狗，你的舌頭好冰啊。」媽媽對虎爺說。

「汪。」虎爺搖尾巴。

在這短短的幾秒鐘內，我從他們的互動中看出了端倪。

「媽，我不在家的時候，妳自己上來過了？」我必須證實自己的猜測。

「是啊，不然你以為是誰餵牠吃午飯，還把頂樓的狗屎清乾淨的？」媽媽朝我眨眨眼睛。「否則這裡早就薰死人了。」

我的眼眶溼溼的。

媽媽終於離開房間、走出家門了，雖然只是幾公尺的距離，甚至還沒有離開公寓，對我們家來說，卻是非常大的一步進展。

我心中燃起無限希望，在媽媽的健康和虎爺的未來當中看出一絲轉機。

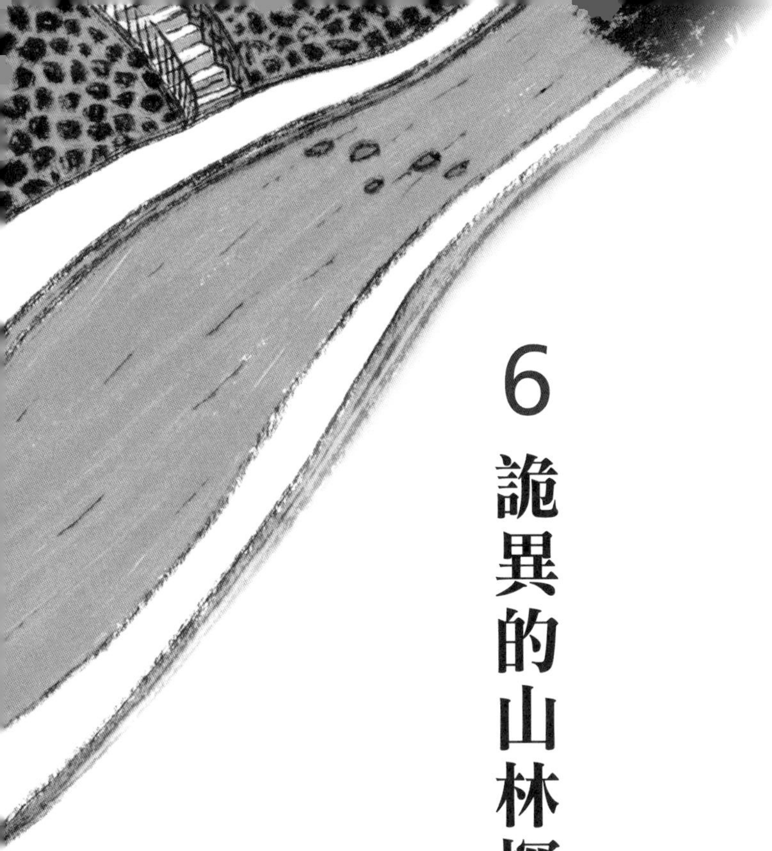

6 詭異的山林探索

這個週六，是我和梁燕相約為歷史分組報告進行田野調查的日子。

之前我們已經各自上網蒐集資料，所以對土地公有了粗淺的認識。土地公又稱福德正神，是中國民間信仰普遍的神祇之一，屬於地方保護神。在傳統文化中，祭祀土地神即祭祀大地，有祈福、求財和保平安之意。

因為土地公就像是里長伯一樣親切，所以勤奮一點的婆婆媽媽常早晚祭拜上香，祈求闔家平安健康、丈夫財源廣進、孩子讀書順利。

台灣各地曾傳出不少土地公託夢或顯靈的事蹟，例如台中大里的土地公就曾經連續託夢三次給信徒，表示因為業務量大增，必須迎娶一位土地婆來幫忙。結果信徒前往土地廟擲筊，還真的連擲三次聖筊，證明夢境的真實性。

台東也有一位土地公曾託夢給地方士紳，希望他在颱風後捐獻賑災。另外嘉義一位土地公某日託夢給爐主，請他「有空過來走走」，結果兩天後傳出竊賊偷走土地公金牌的消息，讓爐主深信夢境是土地公示警。

這次我們的目標是兩間土地公廟，一間是我家附近，也就是撿到虎爺的地方，另一間是約莫往山裡走三公里遠的河邊，據說也有一間土地公廟。

「哈囉，虎爺。」梁燕準時在約定好的時間現身。

她穿著簡單的上衣和牛仔褲，加上一件粉嫩色系的薄外套，長髮披在肩上，看起來輕鬆寫意。

不過她無視於我的存在，直接走向我腳邊的小狗。「小傢伙，有沒有想我啊？有沒有啊？」她猛揉虎爺的耳朵，虎爺則親熱地繞著她打轉。

「妳乾脆認牠做乾兒子算了。」我說。

「好主意耶，看看我帶了什麼。」梁燕獻寶地打開背包，一隻手還伸進去裡面翻攪不停。

「什麼？零食嗎？」我搖搖頭。「我們是去做功課，不是去野餐欸。」

「沒錯，零食。不過是狗狗專用零食。」語畢，梁燕從背包裡抓出兩包造型顏色各異的狗餅乾，外加一條包裝未拆的嶄新牽繩。「還有虎爺的項圈跟繩子唷，這樣就不會走丟了。」

「哇，準備得還真周到耶。那人吃什麼？」我問。

「你啊，你吃空氣吧你。」梁燕沒好氣地說：「跟虎爺計較什麼？你在我心中還比不上牠的地位呢。」

「切，真現實。也不想想誰才是妳的歷史報告夥伴。」我嘀咕。

我們決定坐公車上山。

我把虎爺塞進側背包裡面，等候一小時只有一班的公車，上車後牠非常安分，沒有發出任何聲音，只是滿臉好奇地盯著窗外看，甚至不需要勞駕梁燕陪牠玩、分散注意力，讓我很想頒發個乖寶寶獎章給牠。

公車沿著蜿蜒山路搖搖晃晃地前進，我們把小鎮和屬於家裡及學校的煩惱拋在身後，欣賞起窗外的風景。望著不斷向後跳躍的綠樹，我的心情也跟著輕鬆起來。

「會不會害怕呀？」梁燕問。

「當然不會。」我說。

男子漢大丈夫，就算會怕我也不能承認啊，是吧？

「林允樂，別擔心啦，我身上帶著平安符，是我媽求來的。」

「我又沒有擔心。」

「是喔，那你的臉色怎麼那麼蒼白？」梁燕呵呵笑著，又道：「而且我今天出門前有去跟我們家的祖先報告過，請祂們保佑我們平安。」

對耶，我怎麼沒有想到？可惡，梁燕家的祖先會連我一起保佑嗎？應該不會吧……

「林允樂，你家裡有放神明桌嗎？」

「有啊，而且我家比較特別，一般人家的神明桌除了祖先就是供奉觀世音菩薩或關聖帝君，我也有聽說過拜三太子的，但我家拜的是二郎神。」

「二郎神？就是那個三隻眼睛的神明？」

「什麼三隻眼睛，沒禮貌，二郎神是守護水利和農耕的神明，又被叫做『川主』，額頭上有一隻『慧眼』，向來是斬妖除魔的正義象徵好嗎？」

「是喔，我只知道祂和孫悟空好像有過節。」

「妳電視看太多啦，史料中的二郎神專門為黎民百姓的正義公道而戰，可是非常正直清廉的天界戰神呢！」

「原來如此。這樣剛好耶，我們要去河邊，又有二郎神守護你，你更不用擔心啦。」

「都說了我沒有擔心，真是的……」

我們就這樣一路閒聊，透過她的轉述，我對班上同學和老師也有了更深一層的認識，原來我們的班導師丁老師剛從師範大學研究所畢業沒有幾年，我們是丁老師帶的第二個班級，老師懷抱滿腔熱血，對班上的要求很高，上學期曾經和一個家裡有黑道背景的同學槓上，差點鬧進警察局。

聽說那個小混混同學一再衝撞體制，天天遲到早退、挑釁別人，不然就是躲在廁所抽菸。偏偏我們導師十分鐵腕，硬是不肯讓步，最後是小混混放棄了，轉到另一所風評糟糕、管教鬆散的學校去，這齣鬧劇才終於落幕。

也正因如此，我們班上沒有什麼真正的壞學生，既然最凶狠的混混都被老師解決了，普通家庭的同學誰還會愚蠢到去挑戰老師的權威？

我覺得老師非常聰明，深諳擒賊先擒王和殺雞儆猴的理論，不過她也特別勇敢就是，沒有一點人脈，哪裡惹得起黑道份子呢。

「所以啊，這次你一定要好好表現，如果歷史報告不認真做，格格就會不高興。格格一不高興，就會告訴丁丁，那我們就吃不完兜著走啦。」

「丁丁？」

「丁老師啊。」

「呵呵，妳們幫她取個這麼可愛的綽號喔？」

「欸，到了、到了。」梁燕推我，「快按下車鈴。」

「喔，好。」

二十分鐘過後，我們在預定的站牌下車；又過了五分鐘，我們依然佇立於站牌下，猶如迷路的小孩。

「這到底是哪裡啊？」我茫然地左顧右盼。

S型的雙線道山路像是一條扭曲的蛇盤據山腰，無論往前看還是往後看，除了沒有盡頭的馬路和兩側山壁上的樹木以外，附近什麼都

沒有。沒有民宅、沒有路人，連個紅綠燈也沒有。

虎爺想從我的背包爬出來，於是我把牠放到地上，拿梁燕送的項圈和牽繩將牠拴好，免得牠傻傻地衝進馬路。

「奇怪，應該要有土地公廟的啊。」梁燕嘀咕。

「這下該怎麼辦？」我問。

「我怎麼知道哇？你是男生，幫忙想想辦法呀！」梁燕大罵。

「好啦好啦，我們去靠近河床的那一側看看好了。」我牽著虎爺穿越馬路。

我們低頭向下看，只見陡峭的斜坡下方就是深不見底的河流，河水正中央有一個清澈的水潭，四周被大石塊圍起，綠蔭自水面浮現，隨著被微風吹皺的波紋隱隱浮動，彷若天然的游泳池，有種莫名的吸引力。

「哇，那裡的水很平緩，看起來好像很清涼很好玩。」我讚嘆道。

「汪！」虎爺附和。

「那裡八成就是有名的溺斃地點了，就是有你們這種傻子，覺得好玩就不顧一切往下跳，哼。」梁燕冷笑。

「就是那裡？」我倒退兩步。「妳不要一直講那些有的沒有的啦，萬一真的觸犯了好兄弟怎麼辦啊？」

「膽小鬼。」她瞪我一眼，隨後自言自語說道：「怪了，下方的河邊也沒有土地公廟，唉，我真該用google map的即時影像先找過的。」

「汪汪！」

虎爺的牽繩強迫我回過身去，頃刻間，我注意到一條方才在對向位置看不見的產業道路。「梁燕，廟會不會在那條路上啊？」

梁燕也轉身張望。「咦，有可能喔！有些香火鼎盛的土地公廟規模較大，有些就很迷你，只比一間狗屋大不了多少，我們往那條路走幾分鐘看看。」

「這樣比喻不太禮貌耶。」

「我是就事論事啊。」

在梁燕的堅持下，我們邁開步伐走向產業道路，往更深處的山林走去。我們邊走路邊有一搭沒一搭地聊天，途中在一根電線桿停了下來，讓虎爺舉腳解放，然後又繼續走。

「林允樂，你跟你爸媽提過虎爺的事了沒？」梁燕問。

既然她都開口了，逼不得已我只好從實招來。我從媽媽故意留下排骨開始講起，一路說到在頂樓當場被抓包，然後媽媽不僅沒有生氣，還被我發現白天時偷偷上樓餵虎爺。

「所以你每天晚上都和你媽媽一起蹓狗？」梁燕訝然。

「只要爸爸加班，我就會拉著媽媽帶虎爺到河邊散步。」我據實以告。

「哇，這樣很棒耶，我就知道寵物治療有效。你之前不是說你媽都不太愛出門嗎？要是你爸知道了，一定會很高興，還會愛死虎爺的。對了，你爸在忙什麼啊？天天都要加班喔？」她問。

「河川整治工程啊。」

「對唷，難怪我常常看到挖土機在河裡面挖啊挖。」

「聽說以後會蓋自行車車道。」

「不錯耶，我喜歡騎腳踏車，林允樂，你有車嗎？我們可以一起去河邊騎。」

「說到車啊，又是一個很複雜的問題。」我驀地停下腳步，

「咦，等等！」

「怎麼了？」梁燕臉上還掛著興高采烈的神情，不明就裡地問。

「妳有沒有發現不太對勁，我們好像又回到剛剛走過的地方？這電線桿是剛剛虎爺撒尿做過記號的那一根。」我皺眉，仔細檢查眼前的電線桿。

「哪有？你亂講，不要嚇我啦。」梁燕輕撫自己的雙臂。

「我才沒那麼無聊，你看，靠近地面的地方還有尿漬。」我指指電線桿底部的水痕，接著東張西望，確認四周的景物是否有相異之處。

「你怎麼能確定是虎爺尿的？說不定是別條狗留下的痕跡，或者有人在這邊倒水……」梁燕的聲音愈來愈小。

「妳覺得有可能嗎？」我沉下臉。

這時虎爺搖搖尾巴，在電線桿旁邊站定，右後腿抬高，再度補上了一泡高度一模一樣的尿液，我和梁燕對看一眼，四目交接的剎那點燃了某種默契。

「呃，我們再往前走走看好了。」我緊拉牽繩，低聲說道。

一反常態，梁燕這次沒反駁我，只是安靜地跟在我後面走。

當我們第三次看見那根電線桿時，兩個人都快嚇傻了。走了老半天又回到原位，這不是鬼打牆是什麼？然而，儘管氣氛詭譎，儘管內心懷疑，我們都沒有人把那三個字說出口，彷彿只要不承認，最悲慘的狀況就不會成真。

「林允樂，我累了，想要休息一下。」梁燕搥著她的大腿說道。

「虎爺四條腿都在走也沒喊累。」我回她。

「虎爺也累了，對不對？」梁燕彎下腰，拍拍虎爺的頭。

「汪。」虎爺搖搖尾巴。

「虎爺真的是天底下最好相處的狗了，妳說什麼牠都附和。」我嘆了口氣，就地蹲了下來。「好吧，我們休息幾分鐘，想想該怎麼辦好了。」

「虎爺當然喜歡我啦，我請牠吃餅乾，對牠那麼好。」梁燕嘟嘴說道。

我打開背包拿出水壺，咕嚕咕嚕灌了幾大口，然後又把水倒在手上給虎爺舔著喝。梁燕見狀也取出一瓶礦泉水，但她只有客氣地抿了幾口，嘴唇都還沒溼潤便停下來了。

「妳不渴喔？」我問。

「我不敢喝太多，擔心上廁所的問題。」梁燕吞吞吐吐地說。

「喔。」

梁燕的煩惱再次提醒了我眼前面臨的窘境，是啊，不趕緊走出這段有如無限迴圈般的路徑，別說如廁了，我們很可能回不了家呢。

但是心裡雖然這麼想，為了不讓她更緊張，我依然嘴硬地對梁燕說道：「沒關係啦，妳就去樹林裡方便啊，我才沒興趣偷看呢。」

「不是這個問題好嗎！」梁燕面紅耳赤地說。

我聳聳肩，轉瞬間感到有些耳鳴，好比有人在我的耳廓內敲鐘，有種「嗡嗡嗡」的回音，我甩甩頭，下意識伸出手指摳起耳朵。這時我注意到虎爺變得警覺，牠豎起耳朵面向樹林，全身肌肉緊繃，接著便對著茂密樹叢狂吠起來。

「汪！嗚……汪！」

滿是敵意的低吼在靜謐中迴盪，我從來沒聽過牠發出這種聲音。

「喂，林允樂，你有沒有聽到？」梁燕扯扯我的衣袖。

「虎爺叫得那麼大聲，整條路上都是牠的聲音，怎麼可能沒聽到。」我故作輕鬆地說。

「不是啦，我的意思是說，剛剛還有鳥叫蟲鳴，現在除了虎爺的叫聲，什麼戶外該有的聲音都消失了，好像被按了靜音一樣。」梁燕苦著臉說。

「廢話，狗一叫，當然把小鳥和小蟲都嚇跑啦。」我回答。

「你明知道我不是那個意思。」梁燕抗議。

「好啦好啦，休息夠了，我們繼續往前走吧。」我輕輕鬆開她抓住我袖子的手，安慰性地拍拍她。

虎爺持續憤怒地低鳴，我們一邊往前走，牠還一邊回首張望，讓我們倆頭皮發麻，背脊也竄過一陣戰慄，很怕不乾淨的東西會從我們後方偷襲。

「讓我走前面。」梁燕要求。

「好啊。」我努力維持正常的語調。

才剛往前步行不到十公尺，梁燕竟猛地停步，害我差點撞上她。

「又怎麼樣了？」我嘆氣。

「那個……」梁燕支吾其詞，伸出顫抖的手指。

順著她比出的方向我探頭一望，這短短一瞥讓我差點腿軟。

一疊冥紙。

我努力在記憶中搜索關於冥紙的印象，我奮力拷打、挖掘、鞭笞我的腦神經，希望能獲得些許線索，可是什麼都沒有。這條我們反覆走了兩三遍的路，剛剛明明就沒有什麼擺在路邊的冥紙。

「要……繼續走嗎？」梁燕的鼻音聽起來像是快哭了。

一陣狂風倏地吹來，把那疊冥紙捲在空中，形成一道恐怖駭人的冥紙龍捲風。

我手中的牽繩一緊，虎爺雙腿一蹬就要往前衝去，還發瘋似地對著那陣怪風狂吠。

「虎爺，不要過去！」我用力握住繩子。

風勢倏地潰散，冥紙猶如一場襲擊我們的暴雪，梁燕放聲尖叫，我則把恐懼壓回喉頭，任粗糙的紙面刮過我的臉頰皮膚，我的耳畔混合著高分貝尖叫、狗吠和風聲，猶如置身於告別式的樂隊正中央般震撼。

等到再次回神時風已經止息，現在滿地都是冥紙，梁燕和我緊緊依偎彼此，她摟著我的臂膀，手裡握著不知何時從衣服內掏出的護身符，早就管不了什麼男女授受不親。

「阿彌陀佛、阿彌陀佛、阿彌陀佛……」梁燕口中不斷叨念。

虎爺依舊拚命想往前衝，好比一名奮勇殺敵的戰士，某個電光火石的瞬間，我想起虎爺阻止我過馬路，湊巧和三年級學長錯身而過的好運。

「虎爺，你能帶我們離開這裡嗎？」我在心中默念。

「汪！」虎爺高聲回答。

我決定抓住這個念頭放手一搏，於是二話不說，牽住梁燕的手，拉著她拔腿狂奔起來。

虎爺就像是搖旗吶喊的開路先鋒，一邊吼叫一邊帶著我們往前跑，兩邊的樹木迅速倒退，化作看不清的模糊殘影，我也不知道自己跑了多久，只曉得狂跳的心臟彷彿想衝出胸口，喘息的頻率也愈來愈高。

就在我覺得自己再也跑不動的時刻，虎爺一鼓作氣領著我們跑向產業道路和原本那條馬路的交叉口，我們再度返回河邊的公車站牌。

「站牌。」我像是看見救星一般邊喘邊笑。

「好……好累……」梁燕上氣不接下氣地說。

「多虧了虎爺帶路，都是牠的功勞。」我說。

虎爺累得趴了下來，粉紅色的舌頭軟軟地垂掛嘴畔，朝我們搖搖尾巴。

像是把這輩子所有力氣都用盡了似的，我們倆乾脆席地而坐，我打開水壺以雙手捧水讓虎爺喝，等到功臣喝飽了，自己才暢飲水壺內剩下的開水。

「林允樂。」梁燕用肩膀撞了我一下。

「幹嘛？」我擦擦汗，又拍拍腳邊的虎爺。

「剛剛你有看見土地公廟嗎？」梁燕指向我們來時的方向。

我定睛一看，就在公車站牌後方約二十公尺遠的路邊，有一座小廟。

「靠，沒有。」

「我們的歷史報告絕對會很精采，有親身經歷加料。」她若有所思地說：「對了，不可以跟別人說我們牽了手喔，那完全是意外。」

「我才要拜託妳保守祕密，別破壞我的形象咧。」我回答。

「討厭！」梁燕用力敲了我的頭一下。

7 虎爺大顯神威

我們替土地公廟進行了簡單的側寫，這麼小的廟也找不到管理員，只能就我們觀察到的廟宇位置、維護情況和土地公穿著打扮做些簡單的紀錄，結束時剛好回程的公車來了，於是就跳上車返回鎮上啦。

在公車上，我忍不住回想起今天的奇遇，其實，我在研究土地公的時候，順道也查詢了關於虎爺的資料。

俗曰「土地神轄山中虎」，古人認為虎受土地之神所管，而被山神、土地神、城隍爺等神收伏的老虎具有神力，不但不會傷害人畜，還會保護人類。

虎爺是土地公等諸神的坐騎，能鎮守廟宇城鎮、驅逐邪魔精怪，還有保護兒童的能力。早期兒童在供桌下穿梭是常有的事，兒童的高度容易發現與親近虎爺，所以虎爺也成為兒童的守護神，有些家長會讓小孩拜虎爺為義父，希望獲得庇佑。

另外，也有人相信虎爺具有財神的靈力，咬錢納財，所以有句俗語為「虎爺咬錢來」。傳統習俗認為，要以生雞蛋供奉虎爺，虎爺神龕旁常設有盛水小碗，水中置錢，俗稱「錢水」，民眾可以用等值的錢來換得的錢母，置於紅包袋或香火袋中，幫助生財。

而拜土地公和虎爺還有幾件注意事項，首先，供放的蛋糕、紅龜粿或生雞蛋不能帶回家。因為老人家吃得慢，要把東西留下來讓土地公慢慢吃，至於留下雞蛋給虎爺，是因為習俗認為虎爺每吃掉一個雞蛋就等於幫你吃掉一個厄運。拜拜後可以帶回家的是水和水果，水代表財水，食用後可以增加自身財運。

我一路上就這麼望著窗外發呆，虎爺則躺在袋口敞開的背包內，下巴枕著我的手掌睡覺，表情安詳寧和。

「喂，在想什麼？」梁燕問我。

「我在想，若是沒有虎爺領路，我們真的不確定能不能從鬼打牆中走出來，說不定就被魔神仔牽走，再也不能回家了呢。」我說。

「搞不好那些戲水溺斃的人，也是在山中遇到了怪事。」梁燕心有餘悸地說：「今年暑假我媽買了一本《聊齋志異》給我看，裡面提到的山精鬼魅都是這樣誘拐人類的。」

「山精……鬼魅？」

「對啊，像是住在深山中的狐狸精、蛇精什麼的，都是動物修煉成為妖精，有了點法力以後就出來危害人間呀。」

「那土地公怎麼沒有出面保護人民呢？」

「怎麼沒有，我們不就順利脫身了嗎？一出來就看到土地公廟，冥冥之中必定是土地公有所保佑。」

我悶不吭聲地想了許久，然後告訴梁燕我的想法。「妳可能不會相信，但是我認為我的狗很可能是虎爺降世。」

「什麼？」梁燕困惑地皺起眉頭。

「傳說中虎爺是土地公等神明的座騎和幫手，可以協助神祇斬妖除魔，又是小孩的保護神。我在土地公廟附近撿到虎爺已經很不尋常了，虎爺又不只一次展現出牠特別的能力，有一天牠還幫我閃過了麻煩呢。」我強調。

「什麼麻煩？」她追問。

「呃，反正就是麻煩。」我不太想對梁燕透露自己慘遭學長毒手的祕密。

「你想太多了吧，虎爺是一隻米克斯，就算牠的毛色像老虎斑紋，也不代表牠上輩子是老虎或者神仙轉世呀。」梁燕悶哼。

「那虎爺今天的事蹟怎麼說？」

「狗本來就有靈性，而且聽說狗也看得見鬼魂，通常家裡附近有人辦喪事，頭七晚上附近的流浪狗就會吹狗螺，這很正常啦。」梁燕擺擺手。

「反正，我相信虎爺不是普通尋常的狗。」我喃喃說道。

「不尋常？我家開的是獸醫診所，世界上還有很多比虎爺更聰明的狗呢，你硬要說牠是神仙投胎，怎麼不說是狗妖呢？」梁燕大翻白眼。

「閉嘴啦，妳真的很毒舌耶。」我生氣地說。

「是你自己扯到怪力亂神的方向去的呀。」梁燕嚷道。

「懶得跟妳說了。」

「我才不想理你，哼。」

公車在顛簸的路上持續前進，吵架後我倆不再交談，任憑靜默填滿車上的空白，就這樣相互生著悶氣，默默無語直到下車。

抵達鎮上土地公廟附近的站牌後，我把虎爺從背包內放到地上，對牠說道：「虎爺啊，那個女人不相信你天生神力，以後不需要理她了，知道嗎？」

「你很幼稚耶！」梁燕忿忿地瞪我一眼。

我躊躇著，不確定應該要拂袖而去還是繼續未完成的土地公廟調查，梁燕也一臉尷尬，沒有打算低頭道歉。

虎爺伸了個懶腰，完全沒有把我們的對話放在心上，也沒有察覺異樣的氣氛，牠吐出舌頭，「哈哈哈」地笑著，猛朝我們倆搖尾巴。

「汪！」虎爺的耳朵豎起，像是雷達般前後翻轉。

「怎麼了？」梁燕問。

時值週末上午，街上路人三三兩兩，有的是出門買菜的太太，有的是帶小孩出門玩耍的夫妻，我注意到虎爺黑亮的眸子緊盯一名懷抱幼兒的婦人，那個阿姨年約四十歲上下，小女孩看起來還不到上小學的年紀，在婦人緊摟的雙臂中掙扎哭鬧著。

「只是小孩在哭而已。」我對虎爺說。

「對啊，我家隔壁念幼稚園的弟弟也是一天到晚亂哭發脾氣。」梁燕說。

虎爺聽若罔聞，牠完全專注於那對母女身上，還一個勁兒地嗅聞，最後，竟猛然往婦人和小孩衝去。

由於事發突然，我還來不及抓住繩子握把，我眼睜睜地看著牽繩隨著虎爺如炮彈發射一般的身軀從我指尖溜走，虎爺完全沒有減慢速度，奔向婦人腿邊張口就咬。

婦人立刻發出悽厲尖叫，我慢了半拍才反應過來，接著立刻跑向他們。

「虎爺，不可以亂咬人！」我訓斥道，一邊猛拽牽繩，想把虎爺拉開。

「虎爺別這樣……」梁燕也趕來幫忙。

虎爺銳利的狗牙嵌在婦人的褲管上，轉眼間便扯出兩個大洞，牠齜牙咧嘴，彷彿和婦人有什麼深仇大恨，嘴裡哼哼唧唧地發出低鳴，就是不肯鬆口。

真是太丟臉了，我的狗居然在光天化日之下攻擊抱著小孩的婦女，虧我還誇牠是神仙轉世呢，如果虎爺的脾氣這麼壞，可能連帶回家養都有問題了。

「就是她！」有個老奶奶大喊。

我轉過頭去，看見一名老奶奶指著我們大喊，後頭還跟著幾名壯漢。這一秒鐘，我宛如跌落冰窖，全身毛孔滲出冰寒，世界末日大概就是這種感覺吧。

接下來事情全都發生在一瞬之間：婦人扔下小女孩，小女孩跑向老奶奶哭喊著「阿嬷」，壯漢衝上去逮住婦人，虎爺終於鬆開嘴巴。

「就是這個女人在我家門口偷抱走我的孫子，我跑出來的時候已經來不及了。」老奶奶慌張地緊擁臉色發青的小女孩，邊搖邊哄道：「我的乖孫哪，差點就被壞人誘拐了呢，這要我怎麼跟妳媽媽交代啊。」

我目瞪口呆地看著壯漢把女人壓制住，嘴裡還不斷嚷嚷著報警，圍觀的人群愈來愈多，遠處則傳來警車嗚笛的聲音。

「汪。」

我低下頭，虎爺搖搖尾巴。「哈、哈。」

沒有人意識到，壞人其實是虎爺抓住的，就連我也一樣，我差點就誤會虎爺是隨便攻擊路人的壞狗了。

「哇咧，你到底是怎麼知道的？」我蹲下來，捧住虎爺毛毛的臉。

「呃，林允樂，」原來梁燕還沒走，她滿臉驚愕地對我說：「你剛剛在公車上提到關於虎爺轉世的事情，可不可以再告訴我一次？」

這天下午我心情大好，和梁燕做完歷史報告以後就直接回家，打算趁著夕陽西下時，和媽媽一起帶虎爺到河邊散步，反正爸爸週末也在加班，只有我們母子倆，稍微晚一點吃飯也無所謂。

媽媽和我沿著河邊的步道緩緩向前，沿途欣賞落日倒映在水面上的粼粼波光，時空彷彿回到搬家前、媽媽還沒生病的那段日子，只不過現在我們有了虎爺。

虎爺東聞聞西嗅嗅，繞了兩圈之後就地解放，我聽從梁燕的建議隨身攜帶了塑膠袋，每次在牠方便完後很有公德心地擔任鏟屎官。我很想把虎爺今天的風光事蹟告訴媽媽，又怕在山中迷路的事情嚇到媽媽，只好暫時保留給自己。

媽媽穿著一襲素色長袖衣裙，談吐又文雅，頗有仙女的風範。因為每天出門散步，精神似乎比之前好上許多，走起路來不再病懨懨的，講話也不會有氣無力，她的眼神恢復清亮，臉上開始有了微笑，加上固定運動能夠促進食慾，媽媽的食量明顯變大，每餐都能吃下滿滿一碗飯，因此雙頰也紅潤豐腴不少。

「傍晚的天氣真舒服。」媽媽仰起臉來迎向晚風。

「媽，妳最近氣色很不錯。」我說。

「真的嗎？」她摸摸臉頰，笑道：「謝謝你，小樂。不過媽媽以前難道氣色很差嗎？」

我不敢說出實話，只好避重就輕地回答：「太瘦了，媽媽還是有肉一點比較漂亮。」

媽媽聞言捏了捏自己的腰際，打趣道：「我最近確實有比較胖，原來小樂喜歡胖胖的女生啊，偷偷告訴媽媽，你在班上有沒有中意的對象啊？」

「女生當然是愈豐滿愈好，我班上沒有看得上眼的女同學，但是有個同學的媽媽噸位非常龐大，目測大概超過一百公斤吧，讓我看了很有安全感，以後娶個這樣胖胖的老婆，才能夠幫媽媽做事情啊。」

我搞笑地說。

媽媽與我相視而笑，我們繼續散步，虎爺在我們腳邊蹦蹦跳跳，沿途抬腿做記號，還不時追逐草尖上的蚱蜢和瓢蟲。

「如果你爸爸也能跟我們一塊兒散步該有多好？」媽媽感嘆。

「我不確定爸爸想不想散步，要是被他發現我違逆他的意思，把虎爺偷偷養在頂樓，八成會抓狂吧。」我說。

媽媽莞爾一笑，道：「其實爸爸的脾氣很好，只是最近工作壓力太大了，加上媽媽身體也差，造成他心情鬱悶，說起來媽媽要負很大的責任。」

「幹嘛這樣說自己，妳跟很多人的媽媽比起來好太多了，我最怕遇到那種在大街上對著小孩發作獅吼功的媽媽，妳從來不會那樣。」我真摯地說。

「謝謝你。」媽媽突然勾住我的手，她的眼神迷濛，某段記憶將她拉回了往昔。「你外婆也是不會大吼大叫的人，外婆是來自都市的大小姐，嫁給了在鄉下當老師的外公，自幼的家教讓她非常注重形象，從來不在外人面前失態，即使我們居住在鄉間，她也習慣輕聲細語，不像有些同學的媽媽老是扯著嗓門大叫自己小孩的名字，當時我就覺得，被那樣大喊名字好丟臉喔，幸好我們家不會發生那種事。」

我沒料到媽媽會突然對我敞開心房，一時之間為之語塞。

媽媽繼續娓娓道來：「外婆大家閨秀的氣質也表現在廚藝上，她很喜歡烹飪，以前常看傅培梅的節目學做菜，外婆喜歡挑戰有點難度的功夫菜，可不是一般的家常菜唷。」

「我記得，我最喜歡吃外婆的紅燒獅子頭了。」

「還有糖醋排骨、宮保雞丁和蔥燒鯽魚。」

「聽得我都餓了，媽，今天晚餐吃什麼？妳要不要露一手來瞧瞧？」我扮了個鬼臉。

「好久沒下廚了，煎荷包蛋我應該還可以。」媽媽笑稱。

接著是一陣沉默，我們都想起了外婆的好，外婆的手藝讓我們空虛的胃部高聲抗議，外婆的微笑則攪亂了我們原本平穩的思緒，此刻，媽媽眼中寫滿了思念與惆悵。

「媽，妳很想念外婆，對嗎？」我低聲問道。

「我會慢慢好起來的。小樂，爸爸照顧我們很辛苦，不要跟你爸鬧彆扭，好嗎？」

「知道了。」我說。

媽媽點點頭。

我們母子倆手勾著手沿著河堤走到盡頭接著折返，此時繽紛的晚霞染紅了河水，氣溫也降低了好幾度，皮膚可以清楚感受到秋日的涼意，媽媽拉緊領口抵擋寒風，向我靠得更近了些，我們分享著彼此的體溫。

只有虎爺還精神抖擻，牠扯著牽繩，想要拉著我狂奔，果然小狗崽就是小狗崽，永遠不曉得累。

「對了，我們是不是該幫虎爺洗個澡？」媽媽提議。

「洗澡？我沒有想過這個問題耶。」我囁嚅。

「虎爺從來沒有洗過澡吧，在外面玩耍了一天，肯定髒死了。」媽媽說。

「那要用什麼洗？」我好像看過獸醫診所中有販售狗狗專用的洗髮精，那種高級又昂貴的東西，我家顯然沒有。

「嗯，先用水晶肥皂試試看好了。」媽媽回答。

到家以後，我們立刻把虎爺帶進浴室，計畫幫牠徹底洗個乾乾淨淨的澡。

我們母子倆捲起袖子和褲管，在浴室裡面開始奮戰。在沒有多少選擇的情況下，我們先拿不含添加物的水晶肥皂擋著用，媽媽把臉盆接滿溫水，然後先把虎爺淋溼，再將水晶肥皂搓出泡沫，抹在虎爺的毛皮上。

「不要躲啊。」我對虎爺說。

這隻小狗這輩子從來不曾體驗過洗澡這件事，牠的雙眼直勾勾地瞪著臉盆，在身體被水淋溼時滿臉驚訝，臉上的表情彷彿摻雜了困惑和好奇，然後主動湊了過來，往臉盆裡舔了兩口。

「虎爺，自來水不能喝啦。」我擋開牠的頭。

虎爺哪裡管得了那麼多，牠伸出爪子，以掌心拍擊水面，然後張開嘴作勢要咬噴濺而起的水花，看得我們哈哈大笑。

「小樂你看，溼答答的虎爺縮小了耶。」媽媽微笑。

媽媽在牠身上又搓又擰，直到虎爺身上的泡泡都變成灰色，第一次洗淨的水非常混濁，好像下過雨後的滿地泥濘，我們又沖洗了幾次，直到浴室地板中的水是乾淨的白色才作罷。我想媽媽是對的，虎爺真的很需要洗個澡。

「好啦，現在可以拿大毛巾幫牠擦乾啦，小樂，你去客廳櫃子的抽屜找一條。唉唷！」媽媽驚叫一聲。

還來不及躲避，虎爺便大喇喇地狂甩身上溼漉漉的毛，水珠濺得我們滿身滿臉，讓我們比牠更為狼狽。

「真的要快點拿毛巾來了，否則我們比牠更像剛洗過澡。」我笑著起身，「我要開門囉，妳一定要攔住虎爺唷，別讓牠給溜了。」

「好。」

我旋開浴室門把，在開門的剎那間對上爸爸臉色鐵青的視線。

「啊。」我張大嘴巴，宛如石化般定格在原地。

爸爸不曉得站在門外多久了，也不知道偷聽到了多少。我腦海中某個邪惡的聲音告訴我，可以把媽媽推出來當擋箭牌，可是另一個善良的聲音卻氣呼呼地加以駁斥。因為拿不定主意，所以一時半刻間我也沒有吭氣。

「小樂，快點去拿大毛巾啊，不然虎爺會感冒的。」媽媽轉過身來，猛然發現站在門外的爸爸，她不知所措地眨眨眼。「老公？你提早下班了？」

爸爸嚴肅的目光從我臉上挪移到媽媽身上，再到渾身溼透的虎爺身上，最後又回到我這裡。

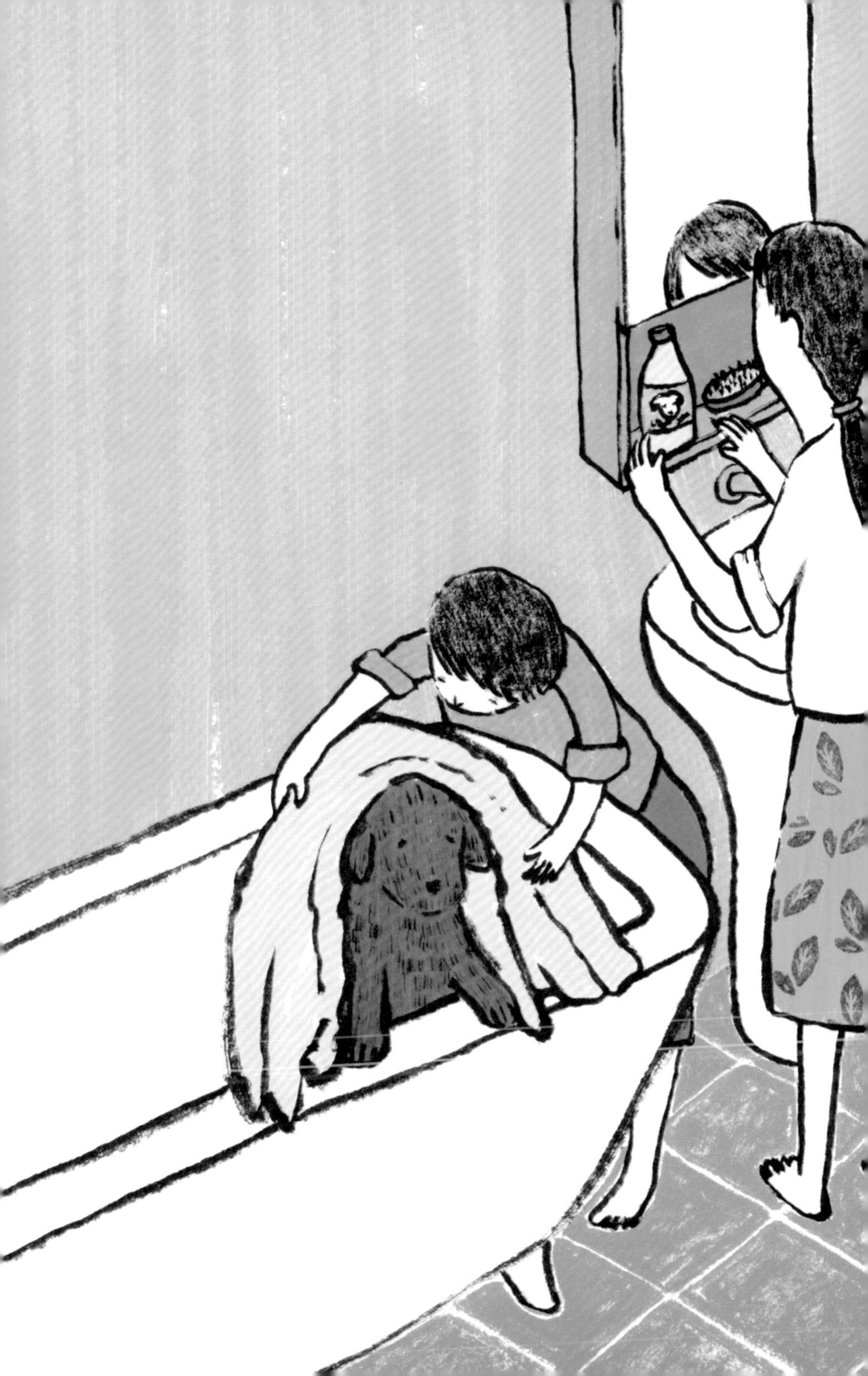

「汪？」虎爺搖了搖尾巴。

這時，爸爸舉起手中的塑膠袋，不慍不火地告訴我們：「快點把狗擦乾，一起來吃晚餐吧，我切了些滷味加菜。」

十分鐘後，我們一家三口圍著餐桌就坐。

虎爺趴在桌下，媽媽在地上放了一塊抹布，墊著虎爺的食盆，盆內除了狗飼料以外，還有兩片香噴噴的滷牛肉。

「那我們可以養虎爺嗎？」我怯生生地發問。

「如果牠不會隨地大小便，就暫時養養看好了。」爸爸回答。

我高聲歡呼，這會兒終於可以放心享用滿桌佳餚。晚餐的飯桌上有炒高麗菜、烤魚和煎荷包蛋，還有爸爸特地帶回家的滷牛肉、牛下水和牛肚。

我不太清楚爸爸為什麼改變心意，總之，這是一個皆大歡喜的結局，光是這樣就夠了，我迫不及待想要趕快上學，告訴梁燕這個好消息了呢。

「最近我常常加班，今天難得工作告一段落，就想著趕快回家陪你們吃飯。」爸爸往媽媽碗裡夾了塊牛肚。「老婆，多吃點。」

「好。」媽媽報以微笑。

「爸，工程進行得還順利嗎？」我嘴裡塞滿東西。

「進度稍微有點超前，很不錯呢。」爸爸笑答。

「那真是太好了。」媽媽點點頭，道：「我和小樂今天傍晚去河邊蹓狗的時候，看到挖土機已經把河道中的淤泥清得差不多了。」

「妳們去河邊蹓狗？」爸爸雙眼一亮。

「對啊，每天晚上我們都帶虎爺去河邊散步。」我搶著回答。

「汪。」虎爺聽見我們喊牠的名字，邀功似地搖搖尾巴，還起身把雙腳搭在爸爸的膝蓋上。

「很好，很好。」爸爸笑得合不攏嘴，他伸出筷子，夾起肉片放入了虎爺的食盆裡。「再賞你兩塊肉。」

看見爸爸這樣善待媽媽和虎爺，我的一顆心彷彿衝入雲霄，覺得自己擁有了全天下最幸福的家庭，父母慈祥和藹，晚餐時光輕鬆和諧，而洗過澡的虎爺全身清香，我原先的擔憂彷彿也都洗滌一空，感到飄飄然的、異常輕鬆。

此時，爸爸刺耳的手機鈴聲忽然響起。

爸爸與媽媽對看一眼，爸爸在下班後，電話基本上就是跟著進入休眠狀態，不太會有人打擾，這種突如其來的響鈴算是相當罕見。

「去接電話吧。」媽媽提醒。

「好。」爸爸從座位上起身離席，找到他放在茶几上的手機。

「喂？」

媽媽與我面面相覷，我們的筷子都停了下來，只見爸爸眉心的皺紋愈來愈深，回應的音量也愈來愈低沉，第六感告訴我們，那不是個好消息。

等到爸爸掛上電話後，他回到桌邊，卻沒有打算坐下來繼續吃飯的跡象。

「抱歉，工程那邊出了點意外，我必須馬上趕到現場。」爸爸滿懷歉意地收拾桌子。

「碗筷放著吧，我來收就好了。」媽媽體諒地說。

「好，那我先出門了。」爸爸匆忙抓起外套和車鑰匙。

「爸，路上小心。」我凝望爸爸迅速消失的背影，徒留滿腹猜疑。

時針已經指向晚上六點了，今天又是星期日，到底發生什麼意外，讓爸爸不得不吃飯吃到一半，立刻趕去工地呢？

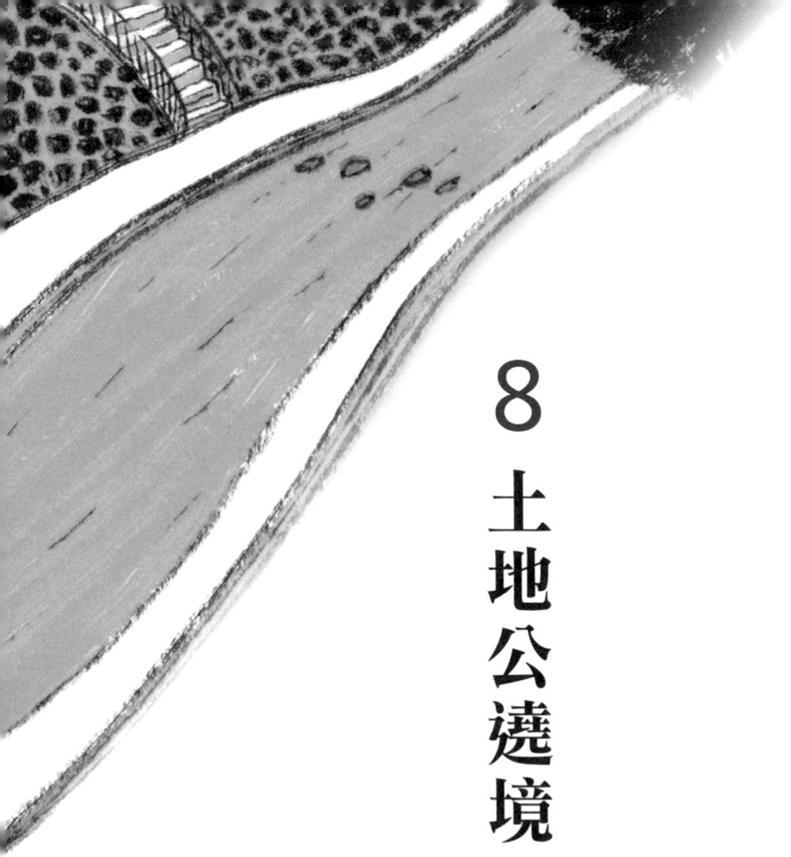

8 土地公遶境

「喂，你們聽說了嗎？昨天晚上又有人淹死了。」

一大清早，教室就被同學們議論紛紛的聲音淹沒，從交談的隻字片語拼湊起來，貌似昨天晚上，有幾個未滿十八歲的高中生結伴跑去溪邊烤肉，結果其中一個人跳進水裡游泳，因為溪水太冷又沒有做暖身運動而抽筋溺水，另一個又跳下去救他，最後抽筋的那一個被其他人拉起來，救人的那一個反而溺死了。

唉，不幸的事件。那種專門挑沒有救生員的水域戲水的傻瓜年年都有，不過昨晚的傻瓜特別讓人生氣，害得我爸還要跑回去加班，看樣子本來提前的工程進度可能會落後，真是夠了。

「告訴你們喔，林允樂他爸是工程負責人，他搞不好會有內幕消息。」我聽見梁燕大聲對別人說道。

可惡，梁燕真是個大嘴巴。

這下可好，班上同學好比撲向腐肉的禿鷹，一股腦兒全圍了上來，我本來只是個沒沒無聞的轉學生，在梁燕的敲邊鼓下，迅速成為班上最受歡迎的人氣王。

「你爸真的是工程負責人嗎？」一個同學問我。

「真的有人在河邊淹死了喔？你有看到屍體嗎？」另一個問。

「我爸只是水利署的一個小職員，不是什麼工程負責人啦，而且我怎麼可能親眼看見屍體，我算什麼東西？」我無奈地回答。

「那你回去問你爸，那邊是不是真的有妖孽作祟，還是水鬼抓交替？」有人問。

我傻眼地瞪著那位問問題的同學，我不曉得這年頭的公務員還得包辦法會咧。

「白痴啊，他爸是上班族又不是乩童，怎麼會知道有沒有鬧鬼？」梁燕翻了個白眼。

「就是說嘛，想知道有沒有鬧鬼，過幾天土地公做生日的時候就知道啦，到時會有陣頭遶境，還有八家將出巡，哪裡有鬼，陣頭就會往哪裡去。」有人這樣說道。

溺水意外的話題持續延燒，同學們你一言我一語，熱烈討論起歷年的溺斃人數以及各項陣頭習俗，什麼過火、爬刀梯、拿鯊魚劍猛砍自己的背也沒有感覺之類的傳聞，我的座位被眾人夾在中間，宛若菜市場裡最熱鬧的攤位，他們愈說愈興奮，卻聽得我膽顫心驚。

「安靜！」渾厚的聲音貫穿教室，是我們的班導丁丁正奮力拍打講桌。「同學們，上課鐘響沒聽見嗎？」

大夥兒一哄而散，乖乖地回到座位，沒有人膽敢忤逆丁丁，假使同學是鍥而不捨的鮭魚，丁丁就是牙尖嘴利的鯊魚，兩者在食物鏈中有著層次上的天壤之別。

我們開始上課，等到丁丁轉頭抄寫黑板，梁燕忽然神祕兮兮地轉頭看我，然後朝我丟了張紙條。

我攤開紙條，發現上面寫著：

你知道意外發生地點在哪裡嗎？

我怎麼會知道。

我嗤之以鼻地寫下這行字，接著把紙條丟回去。

不到一會兒，紙條再度被送上我的桌子。我低頭一看，這下不得了，梁燕的一襲話讓我全身的血液極速冷凍。

紙條上寫著：

就在我們昨天迷路的地方。

在這瞬息萬變的時代，取得資訊的管道方便且多元，幾天後，溺水消息很快地被其他新聞掩蓋而過。

然而，在事件後爸爸依然忙碌不已，鮮少回家吃飯，幸而家中有虎爺陪伴，媽媽不至於太寂寞，每天固定出門半小時帶虎爺散步，慢慢地也開始會和巧遇的街坊鄰居聊上兩句，有一天甚至主動說要出門買菜，之前都是爸爸每個週末去大賣場購買一週分量的食材，媽媽的驚人改變確實有目共睹。

每天吃到當日現煮的飯菜是種莫大的幸福，倘若你曾經長時間品嚐微波過後既溼潤又軟爛的食物，就會明白現炒的青菜有多麼翠綠新鮮。滿足了口腹之慾，我的舌頭終於獲得解放，味覺也再次派上用場，和現在的伙食相比，從前的微波晚餐充其量只能說是飼料。

這個週末，媽媽心血來潮想要替加班的爸爸送便當，早上去了一趟傳統市場，提了兩大袋食材回來，然後就躲在廚房裡洗洗弄弄，還一邊哼歌兒。

梁燕約我下午一起去看土地公遶境，她就是喜歡湊熱鬧。本來我對於這類宗教活動沒什麼興趣，但自從寫了那份歷史分組報告以後，心態上便改變了，不再覺得陣頭或乩童是宗教狂熱份子，反而認為維持傳統文化是很值得尊敬的工作。

所以，我寫完作業以後，和媽媽說明緣由，便帶著虎爺往集合地點出發。

梁燕和我約在土地公廟百來公尺外的大型十字路口，一路上我看見不少警車和警察，交通三角錐沿著規劃的遶境路線擺放，在午後的日照下反射螢光，宛若一條橘色的長河。

「喂，林允樂！」梁燕先到了，眼尖的她拚命朝我揮手。

我牽著虎爺小跑步過去，虎爺拚命搖尾巴，我猜是好奇梁燕有沒有幫牠帶狗餅乾。

「我幫我們占了個好位置。」她指指腳下踩踏的行道樹花圃。

「謝謝。」我說。

「汪！」虎爺嗅聞她的背包。

「有幫你帶點心啦，我怎麼可能忘了呢。」梁燕說著，便掏出一包肉條，撕開包裝後餵給虎爺吃。

「真是好口福，如果虎爺會說話，肯定大聲喊妳乾媽。」我笑道。

「什麼乾媽？叫姊姊啦。」梁燕瞪我一眼。

我不置可否，接著又問：「土地公遶境算是本地的年度盛事嗎？」

「對啊，我們鎮上的土地公廟非常靈驗，所以香火鼎盛，每年土地公過生日，都少不了慶祝一番，晚上還會有布袋戲表演呢。」梁燕說。

這時，劈里啪啦的鞭炮聲自遠處傳來，伴隨著灰白色的煙霧和燃放鞭炮特有的氣味，讓我們知道遶境儀式已經揭開序幕。

在鞭炮聲結束後，我聽見敲打鑼鼓和嗩吶等傳統樂器的聲音同時響起，附近的車輛在警察的指揮下暫時停了下來，路人也紛紛好奇停步，身穿紅白制服的廟方人員往十字路口的方向走來，以熱烈的舞龍舞獅表演開道。

「哇，聽說那個龍很重，沒練過還舉不起來呢。」梁燕瞟了我一眼。「你這樣瘦巴巴的，肯定抬不了三秒。」

「幹嘛又要扯到我頭上。」我把虎爺抱在懷裡，避免牠被震天價響的鑼鼓聲嚇到。

大隊人馬愈來愈接近我們，我和梁燕站在花圃上，這才看清了為首的舞龍舞獅身後，接續著一輛車頭掛著「福德正神」四個大字的花車，車上載有類似牌樓的東西。

圍觀群眾愈來愈多，梁燕和我被擠在人群之間，虎爺在我胸口前不安分地躁動著。

「不怕，我會保護你。」我將虎爺又摟緊了些。

幾輛裝飾著霓虹燈的車輛後方，緊跟著一座由前後二人抬著的、沒有頂棚的小轎子，與其說是神轎，不如說更像是太師椅，土地公祂老人家正安坐在椅子中央，讓抬轎人員左搖右晃地扛著走。

「咦，神轎不是應該長得像小廟，用雕刻繁複的木頭製作？」我不禁納悶。

「沒知識也要有常識，神轎的花飾可以看出一尊神明的階級，可以說是身分的代表。沒有頂棚的叫做武轎，是太子、武將和王爺乘坐的，有覆頂的叫做文轎，通常文官、天后和女神乘文轎或者是鳳輦。」梁燕教訓道：「武轎比較輕，轎班可以走七星步，更有看頭啦。」

「哇，妳怎麼知道？」

「從小看到大呀。跟你說喔，我們鎮上的土地公很有創意，祂喜歡在遶境的時候隨意更改路線，到祂認為需要去的地方。」

「難怪之前溺斃意外鬧得沸沸揚揚時，就有同學提到土地公遶境。」

「是啊，我們相信土地公會驅趕妖魔鬼怪、維護地方安寧。」

「那土地公會不會跑到那個自殺勝地去啊？」

「不曉得，以前沒有走過那麼遠。可以肯定的是只要土地公改變路線，就表示他去的地方有特別需要處理的任務。」

此際土地公的神轎已經來到十字路口，只見武轎以誇張的角度劇烈搖晃，一會兒貼近地面，一會兒又高高舉起，還會前後三百六十度旋轉一圈，二位抬轎人員早已滿頭大汗。

印象中，新聞曾報導媽祖出巡時信徒會趴在馬路上等待「鑽轎腳」，讓神明的轎子從身上越過，希望藉此得到保佑，趨吉避凶。

眼前的遶境活動並沒有鑽轎底的習俗，不過，我猜那頂以實木製作的武轎肯定有幾十公斤，說不定比我本人的體重還重，別說給遶境活動加料了，光是這樣扛著走就非常吃力。

虎爺再度躁動起來，耳畔的警察哨音、花車的音響、鳴放的鞭炮不斷刺激著牠，讓牠表現出一副想要逃離現場的模樣。

「欸，虎爺好像不想待在這裡。」我用手肘輕輕撞了梁燕一下。

梁燕轉頭仔細觀察虎爺，道：「我知道了，狗的聽覺特別敏銳，也許這些音量對牠來說太刺耳了吧。」

「虎爺好重，我抱牠抱得腰酸背痛，想先回家了。」我轉動脖子。

話甫說完，前方突然傳來驚呼，我抬眼一看，發現土地公的神轎竟然轉向面對我們，以猝不及防的態勢朝我們迎面衝來——

「啊！」梁燕渾身一僵。

神轎在撞上人群的前一刻驀地煞車，接著快速倒退，然後重複剛才的動作，再度正對我們筆直衝來。

「你幹嘛呀？」我懷裡的虎爺奮力掙扎。

因為分心注意神轎，顧此失彼下，終於給虎爺順利掙脫，虎爺一溜煙地逃向右側的人行道，牽繩瞬間自我手中消失。

這時神轎彷彿愣了一下，抬轎人員紛紛後

退，繼而微調方向，這次瞄準的是……虎爺逃跑的路徑。

「莫非……」梁燕面色凝重地看著我。

我僵立原地，梁燕的眼神充滿猜忌和驚懼，頓時讓我想起了上回她開玩笑提到的狗妖之說。

土地公會驅趕妖魔鬼怪、維護地方安寧。

只要土地公改變路線，就表示祂去的地方有特別需要處理的任務。

我目瞪口呆地瞪視梁燕，沒錯，她的表情彷彿在說，虎爺就是妖精。

「妳想錯了。」我忿忿不平地握緊拳頭，轉身離開現場。

「林允樂，等等啊！」梁燕拉住我的手肘。

我粗魯地揮開手臂，眼尾餘光掃到梁燕重心不穩倒退了幾步，但是我不予理會，竟然懷疑我的虎爺是狗妖，她真是太過分了。

「虎爺？虎爺？」

我循著虎爺逃走的路線邊走邊喊，可是呼喚聲被喧囂的鑼鼓聲掩蓋，我只能憑靠直覺，猜測虎爺應該是自己跑回家了。

可是，萬一虎爺沒有回家怎麼辦？會不會被別人抱走？要是牠被香肉店的人抓走了怎麼辦？我開始胡思亂想起來，都是可惡的梁燕，竟敢忘記虎爺前幾天才在山上救了我們一命，我們怎麼可以忘恩負義呢。

我決定先到初次遇見虎爺的土地公廟廣場找找看，這時遶境的信徒們都已經出發了，廣場上只剩下鞭炮燃燒的餘燼。我繞了一圈，四處都沒看見虎爺，接著又跑到河邊平常散步的地方找，二十分鐘後依然沒有虎爺的蹤影，只好緊抓著最後一絲希望回家看看。

我三步併作兩步奔上公寓四樓，才剛到門前，就聽見隔著一扇木門、虎爺搔抓門框的聲音。

「虎爺？」我敞開大門。

「哈、哈？」虎爺吐著舌頭，朝我猛搖尾巴。

「原來你回家了？真是嚇死我了。」我頹然坐在地上，連鞋子都來不及脫。

「小樂，你怎麼和虎爺走散了？幸好虎爺聰明，知道我們家在哪裡。」媽媽笑吟吟地走進客廳。

「林允樂？」另外一個意想不到的聲音加入我們。

我轉頭一看，是梁燕。她跑到我們家幹嘛？在那樣汙衊我們之後，她怎麼還有臉來看虎爺？

「外面很擠吧，虎爺一回家就拚命找水喝，我剛剛泡了花茶，你們要不要來一杯？嗯？」媽媽問。

「我不用。」我說。

「謝謝阿姨，我不渴。」梁燕回答。

我冷漠地偏過頭去，懶得理會她。我想我的表情一定相當精采，才會讓向來話多到滿出嘴巴外的梁燕手足無措。

「你怎麼跑走了？」梁燕壓低音量問我。

「還不都是因為妳。」我沒好氣地回答。

「呵，看來我還是回廚房好了，客廳就留給你們囉。」媽媽微笑，隨即以優雅的姿態避開一觸即發的戰事。

「什麼叫做都是因為我？喂，是你自己鬆手讓虎爺跑掉的耶。怪我囉？」梁燕不滿地說。

「那也是因為妳暗示虎爺是──」我氣得又瞪了她一眼。「──妳暗示虎爺是土地公要驅趕的狗妖，我才會這麼生氣。」

「原來是這樣啊。」梁燕點點頭，斟酌了半晌後才開口說道：「既然你提起了，我們就來把話說開，我真的覺得有點古怪，為什麼神轎要調頭呢？還有那天去山上的事情也很詭異。」

「絕對不可能，我們虎爺每天晚上都睡在神明桌下，如果是妖怪，難道我們家拜的二郎神不會趕牠走嗎？」我的音量愈來愈大。「虎爺這麼可愛又貼心，平常也不會吵到鄰居，妳哪隻眼睛看到妖怪了？我絕對不相信你是狗妖。」我摟緊虎爺，把臉埋入牠的頸部。

「唉唷，我不是那個意思啦，只是有些事情真的很玄。」梁燕辯解。

就在梁燕與我吵得不可開交的時候，媽媽拎著一個便當盒走進客廳。

「孩子們，我要去給小樂爸爸送便當，飯菜都煮好了，你們先吃吧？小樂，讓你同學打個電話回家，說留在我們家吃頓便飯，我們很久沒有客人了，媽媽看到家裡這麼熱鬧，很開心呢。」媽媽笑著說。

「那我就不客氣了，謝謝林媽媽。」梁燕搶著說道。

「真厚臉皮。」我嘀咕。

「小樂啊，爸爸今天到比較上游的地方巡視，」媽嗎走向玄關，換上出門的便鞋。虎爺豎起耳朵，凝視媽媽的身影。「所以我會晚一點點回來唷。」

「汪！」

「虎爺也跟小樂一塊兒先吃飯吧，不用特別等我。」媽媽說。

虎爺用力推著我的雙手，試圖擠出我的環抱。於是我把牠抱得更緊了些。「虎爺，還沒有要散步，媽媽是去送便當啦。」

「林媽媽再見。」梁燕佯裝乖巧，和我媽道別。

「真會做人耶妳。」在媽媽關上家門後，我不客氣地對她說道。

「我只是保持基本禮貌好嗎，哪像有些人講話都不看場合。」梁燕反擊。

「汪！」虎爺打斷我們，從我鬆開的手中溜了出去，牠跑向大門，開始拚命以爪子搔抓門框。

「虎爺，不可以，你會把門抓壞的。」我訓斥道：「快回來，要是門上有爪痕，爸爸一定會生氣。」

「牠好像想要出去？虎爺平常很黏你媽嗎？」梁燕狐疑問道。

「真是搗蛋，剛剛想回家，現在又想出門。」我走向玄關，一把將虎爺從地板上撈起。

沒想到虎爺再次逃脫，這回牠衝向我們家的神明桌，猛地往桌腳一撞。

剎那間，供桌上的二郎神神像向前傾倒……。

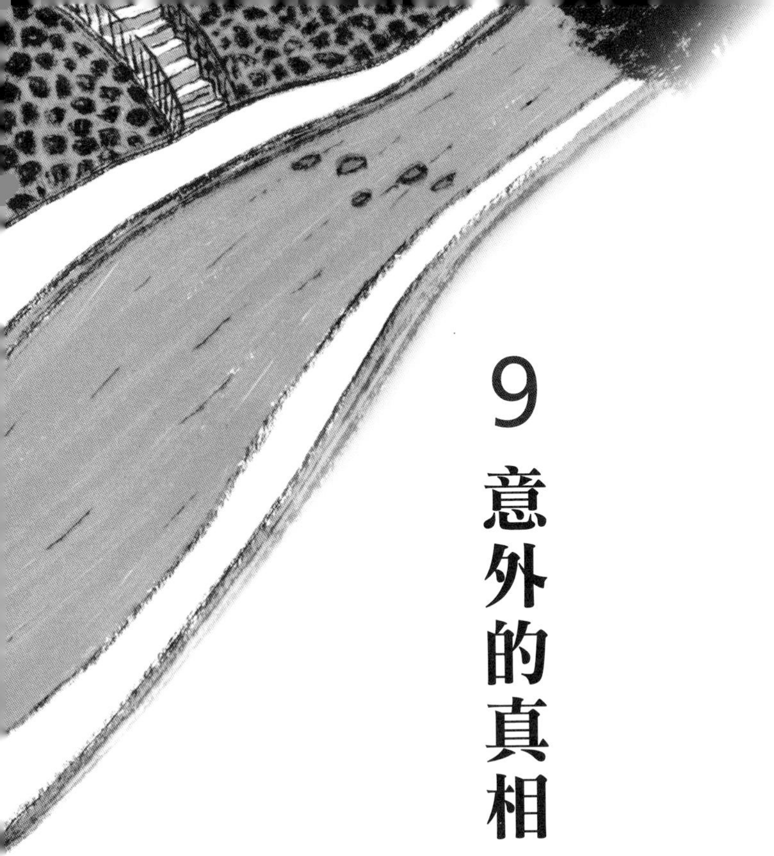

9 意外的真相

「啊！」我驚慌失措地衝向神桌，想要拯救神像，卻已經來不及了。

這可不是好兆頭，要是爸媽得知虎爺像瘋子一樣衝撞神桌，我該怎麼力保虎爺？況且現場還有目擊證人，難道要我花錢賄絡梁燕，還是將她滅口？

「笨狗，這下子爸爸非得趕你出去不可了。」我哭喪著臉說。

「林允樂，你家的神像旁邊怎麼有隻狗？」梁燕與我擦身而過，率先走向桌子，把神像給扶好。

我瞄了一眼，在二郎神的腳邊的確坐著一隻狗，那個我早就知道了。「是二郎神的嘯天犬啦。」

「汪！」

「你會不會覺得，嘯天犬和虎爺長得有點像啊？」梁燕瞇起眼睛貼近神像。「真的很像耶。」

「妳很誇張耶。」我不以為然地說：「米克斯還不都長得很像。」

「才沒有呢，只要仔細看，就算是品種相同的狗，也存在著細微的差別。」梁燕反駁，她再次打量神像，點頭說道：「虎爺很有靈性，又會抓壞人，根據種種跡象判斷，我覺得虎爺很有可能是嘯天犬降世。」

「先是說虎爺是狗妖，接著又說牠是嘯天犬，妳的想像力很豐富耶。那土地公神壇轉向又怎麼說？」我諷刺道。

「二郎神是正義的象徵，嘯天犬又是二郎神的幫手，說不定是虎爺要引領土地公去斬妖除魔呀。」梁燕說。

「汪！」

我凝視在腳邊搖尾巴打轉的虎爺，反覆思索梁燕的推論，忽然覺得或許有幾分可能。「虎爺？」

「汪！」

「你是嘯天犬嗎？」我問。

「汪。」虎爺倏地趴在地上，以五體投地的姿態膜拜二郎神的神像。

梁燕與我交換了個錯愕的眼神，我已經震驚到說不出話。

「看吧，我說的沒錯，要不然虎爺怎麼能帶我們離開那座鬼打牆的山上呢？那山裡一定有鬼。」梁燕說。

山裡……有鬼？

「靠，現在幾點了？」我問。

「五點半，幹嘛？」她說。

「我媽出去多久了？」我問。

「大概快一個小時吧。」梁燕摀住嘴巴，「啊，你媽是不是說你爸去上游巡視，要去給他送便當，然後虎爺拚命想跟出去？」

「我就是這個意思啊。」我猛力拉扯頭髮。

「所以虎爺才會想帶土地公轉向嘛，唉唷，現在才搞懂，怎麼辦哪？」梁燕問。

「我哪知道啊，虎爺，你說現在該怎麼辦？」我問。

虎爺動也不動，維持趴在地上的姿勢。

「我知道了，你誠心祈求二郎神幫忙，二郎神是你們家的神明，一定不會見死不救的。」梁燕建議。

於是我在神明桌前跪了下來，閉上雙眼，祈求二郎神大發慈悲，要是爸爸媽媽出事了，我一定會後悔自己沒能早點想通，然後餘生都活在心碎和愧咎裡。

我感覺到梁燕在我身旁跪下，用一樣的謙卑姿態，低聲喃喃祈禱著。

「汪！」虎爺喚我。

我緩緩睜開雙眼，起先視線還有點模糊，接著我看見一道人影從神桌上走了下來，祂每跨出一步，身形就變得更大，色彩也益發鮮明。祂身披淡金色戰袍，頭戴一頂造型奇怪的帽子，腳踩古時候的軟鞋，手持長槍之類的兵器。

「梁燕……」我支吾道。

「我也看到了。」梁燕點點頭。

神明桌上的二郎神不見了，取而代之的是佇立於我家客廳中央、金色鎧甲扮像、手持三尖兩刃刀、生著劍眉鳳眼氣宇軒昂的男子。

「二郎神？」我脫口而出。

絕對是二郎神，因為該男子的額頭之間，第三隻「天眼」朝我眨了眨。

「嘯天犬奉命搜妖，卻私自洩漏身分，我等本該待領下玉帝聖旨再行捉拿，無奈這廝竟對凡人日久生情，罔顧千年修行，擅作主張將本王拖入凡塵。」

二郎神沒有張口，我卻聽得見祂說話，那低沉威武的聲音彷彿在我腦中迴盪。

眼前的虎爺忽然變成了原本的三倍大，從一隻頭大身體小的幼犬搖身一變，成為擁有獒犬般巨大身形的狗，牠身上的毛色也不太一樣了，本來是灰黑條紋的虎班，現在卻是一身油亮的漆黑。

我看得目瞪口呆。

還是梁燕精明，她立即切入重點：「二郎神，求求您救救林允樂的爸爸媽媽。」

「嘯天犬，速速領我前去。」二郎神微微頷首。

虎爺起身，祂往陽台方向嗅了嗅，隨即低吠一聲。祂的吼聲在公寓裡產生低頻的共鳴，渾身孔武有力的肌肉也跟著顫動。

梁燕趕緊衝向玄關替祂們開門，雖然我不確定神明有沒有這種需要。

虎爺一馬當先衝下樓梯，二郎神緊跟在後，我和梁燕顧不得鎖門，立刻穿上鞋子跟在後頭跑。

聽說二郎神是斬妖除魔、正直清廉的天界戰神，會為了黎民百姓的正義公道而戰。祂的武器是威力無比的上古神器「三尖兩刃刀」，武功絕倫、蓋世無雙，可以摧毀山脈、崩天裂地。希望祂能保佑我的父母，免遭山裡妖怪的荼毒。

虎爺撒腿就往那天我和梁燕迷路的山間跑，不知道是不是二郎神以神力相助，我們居然沒有跟丟，一路保持固定的距離，跑了許久也不覺得累。

時間彷彿已經失去意義，我懷抱著對父母親的擔憂，拚了命向前衝，直到瞥見媽媽的機車倒在路邊，才像是元靈歸位般猛然回神。

「那是我媽的機車。」我緊張的嚷嚷。

梁燕不像我那般喪失理智，她冷靜地走向河邊前後張望，然後嚴肅地告訴我：「沒看到人。」

「嘯天犬，尋人。」二郎神命令。

虎爺嘴裡發出憤怒的低鳴，全身毛髮直豎，接著邁開步伐往那條讓我心生恐懼的產業道路走去。

「又是那裡？」我嘆氣。

關於那條岔路的回憶，我絕對不願再次想起，可是這回為了我爸媽，就算硬著頭皮也得跟上去。

一陣猛烈的冷風颳來，飛沙走石刺痛了我的臉，我伸手遮在額頭前方，忍不住瞇起眼睛，再睜眼時天色迅速黯淡下來，轉眼間烏雲密布。

我聽見有個毛骨悚然的聲音迅速接近，彷彿有東西滑過草叢——

「媽呀。」梁燕抖了一下。

我睜大雙眼，想看清楚讓臨危不亂的女中豪傑也嚇得花容失色的玩意兒，彼時，不知從哪裡冒出來一條黃褐色的巨蟒，腦袋有一個成人的頭那麼大，身體和我爸的腰圍一樣寬，至於長度，因為牠現在才露出前兩公尺的身長，後面不曉得多少還隱沒在草堆裡，所以我算不出來。

「蛇妖。」二郎神冷冷地說。二郎神的天眼能辨明事物本源，無論神仙幻化或妖魔迷陣都能一看便知本相。

大蛇囂張地對著二郎神吐信，祂雙眼通紅，顫動的分岔舌頭彷若品嚐著空氣中的人味。

虎爺擺出防禦的姿態，壓低前腳，全身肌肉緊繃，兩眼直視大蛇，兩目散放金光。

緊接著是一聲像狗叫又不是狗叫的動物吠聲。「哇嗚、哇嗚。」一隻巨大無比的尖耳朵哺乳類自後方樹林一躍而出，與蛇妖並肩而立。

「原來是狐妖和蛇妖聯手作亂。」二郎神沉吟道。

慘了，狐狸吃到跟犀牛一樣胖，虎爺非常強壯，那隻狐妖卻比虎

爺還要大上兩倍。要是我爸媽單獨碰上這麼大的兩隻妖怪，下場會是如何，我連想都不敢想。

「那天能走出鬼打牆真的很走運。」梁燕喃喃說道。

毫無預警地，虎爺突然撲向狐狸，雙方撕咬起來，二郎神則高舉三尖兩刃刀劈向大蛇，大蛇則以肉眼難察的速度掃向二郎神。打鬥的動作快得讓人看不清，有時祂們甚至化作交纏的光影，只有咻咻風聲掃來，讓我們知道搏鬥尚未結束。

我和梁燕只能站在遠處乾瞪眼，避免被流彈波及，其實直到現在，我都還懷疑自己究竟有沒有看見神明和妖精，抑或這只是一場夢？

神明和妖孽的戰爭愈演愈烈，我只能從快速移動的殘影中勉強辨認出顏色，虎爺的黑色身影和白狐相互撕咬撲殺，金色的二郎神則不停以神器戳刺褐色大蛇，大蛇也拚命趁隙張口反咬，蛇口滿嘴唾沫，利牙流淌毒液。

我想，既然二郎神擁有七十三變的法力和九轉神功的金剛不壞之身，應該可以輕而易舉地打贏吧？

「喝！」忽地三尖兩刃刀金光一閃，蛇妖應聲被齊腰斬斷。

黃褐色的巨蟒瞬間變成兩段扭動不停的噁心肉條，惡臭傳來，垂死的蛇身痙攣跳動，活像烈日烤晒下掙扎的蚯蚓，汙黑蛇血自馬路中央向低處蔓延，好比雨後的臭水溝。

梁燕發出「噁」的一聲，轉過身子乾嘔起來。

「嗷嗷嗷……」

狐妖的尖吼夾雜虎爺的悲鳴。

「虎爺？」

短暫的勝利快感立刻被憂慮取代，我這才注意到虎爺的左後腿被啣在狐妖口中，狐妖的利齒一撕，紅色的唾沫和鮮血四濺，虎爺痛得渾身發軟。

「虎爺？」我擔心地大叫，心頭像被人扯下了一塊肉。

二郎神怒目相視，「天眼」射出猛烈光束，正中那隻龐大的狐妖。狐妖像是被炮彈射中一般重重摔在地上，然而，普通妖孽也許無法承受二郎神的法寶，狐妖卻扭過身子，好似一心打算同歸於盡，也不管三七二十一，張嘴就朝虎爺猛咬。

「天罰。」二郎神朗聲道。

一道轟天響雷從雲端劈下，來自天界的神聖雷霆砸向狐妖和蛇妖。

我的靈魂為之震撼，霎時間面前的景象好比從快轉的戰爭片倏地切換頻道，成為慢動作的黑白默劇，幾秒鐘後，兩隻妖怪形神俱滅，煙消雲散，彷彿不曾存在過。

「要不要去看看虎爺有沒有事？」梁燕嚷道。

「虎爺……」我想前進，卻好似被一堵隱形的牆給彈回。「奇怪？」

二郎神收回神器，腳邊浮現一片雲霧。祂叮囑：「嘯天犬捉妖有功，待本王上報天庭之後定有重賞，現與本王回府療傷，起駕。」

虎爺眉頭糾結，一拐一拐地走向二郎神，半邊身軀埋入那團雲霧之中。

「虎爺，你要走了？」我一怔。

虎爺戀戀不捨地回眸看了最後一眼，轉眼間變回了那隻虎斑紋路的小狗，牠朝我搖搖尾巴，舌頭垂掛在嘴邊，親熱地笑著「哈、哈」，隨即和二郎神一併消失在我們眼前。

我注視著空無一物的眼前，久久不能回神。

「林允樂。」梁燕拉扯我的衣袖。

「嗯？」

「找到你爸媽了。」梁燕指指土地公廟的方向。

我轉身一看，果真看見我父母把原本倒在地上的機車扶起來，還一邊有說有笑。

「爸、媽！」我朝兩人狂奔而去。「你們沒事吧？」

「奇怪，你們倆怎麼在這兒？」爸爸訝異地問。

「最近意外頻傳，我們因為擔心，所以來找你們呀。」我仔細觀察兩人，看起來的確毫髮無傷。莫非方才真的只是一場夢？

「傻孩子，爸爸和媽媽只是在這裡野餐而已，會有什麼事？」媽媽亮出空蕩蕩的便當盒。「對了，你們沒帶虎爺出門嗎？」

「虎爺牠……」梁燕低下頭去。

「怎麼了，又把虎爺搞丟了是嗎？」媽媽無奈地摸摸我的頭。

「沒關係，我們回程時沿路找找看，說不定牠在路上等我們。」

我不敢告訴爸媽，虎爺再也回不來了，只好允諾道：「好，我們找找看。」

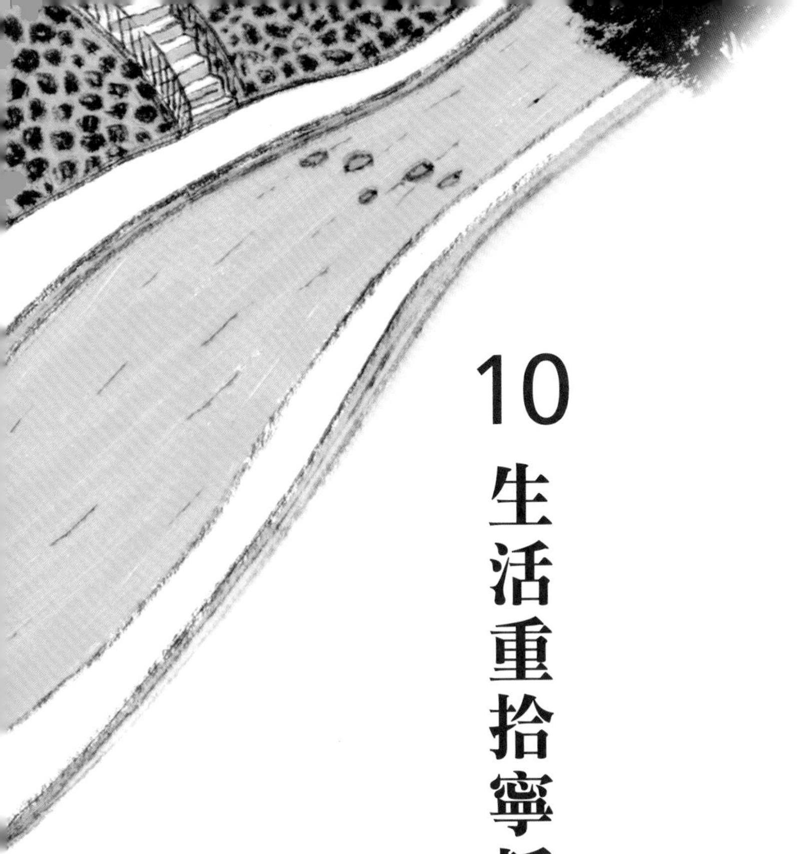

10 生活重拾寧靜

又是索然無味的歷史課，我的下巴頂在手背上，有氣無力地望著講台上的格格嘴巴一開一闔，像是隔著金魚缸看金魚，她接連吐出一串串字句，對我而言，卻像空虛的氣泡般毫無意義。

虎爺離開以後，家裡變得異常安靜，靜到連媽媽在臥房中輕微的咳嗽聲都非常清晰。我時常望著空蕩蕩的食盆發呆，恍惚中彷彿又聽見虎爺「哈哈哈」的喘息聲，鼻間也飄來一陣狗狗特有的氣味。

每天爸爸給二郎神早晚上香的時候，我也會跟著合掌膜拜，神桌上的虎爺端坐於二郎神腳邊，但願虎爺大戰狐妖的傷勢已經痊癒。

我的內在被掏空了一塊，好似心中有台永不停歇的挖土機，不停地挖掘石塊。有時候我會夢到虎爺，然後半夢半醒之間，感覺到有個暖呼呼的身軀依偎在我身邊。我懷疑虎爺其實沒有離去，還陪在我們身邊，只是我們看不到祂，只有祂看得見我們，一如天上的神祇保佑人民。

「林允樂？喂，林允樂！」梁燕從斜前方用力敲擊我的桌面。

「幹嘛啊？」我抬起頭來。

「老師叫你啦。」她沒好氣地說。

我這才驚覺到班上一片鴉雀無聲，同學們和老師的視線都聚焦在我身上，剎那間，我的臉頰像煮熟的螃蟹般發熱漲紅。

「對……對不起？」我結巴地說。

「老師是誇你，又不是損你，幹嘛道歉？」梁燕白我一眼。

格格清了清喉嚨，朗聲說道：「林允樂和梁燕，這次的分組報告寫得很好，切中要點而且生動活潑，我還特別跟你們丁老師提到這件事，丁老師說會私下鼓勵你們。很好，這種認真的態度值得表揚，請兩位起立接受大家的掌聲。」

梁燕自座位上起身，臉上掛著大大的笑容。看我沒有反應過來，她轉身踢了踢我的桌腳。「起來呀。」

「喔，好。」我抓抓頭。

「厲害唷！」坐我右邊的男同學羨慕地向我比了個「讚」的手勢。

「我好喜歡你們在山裡面冒險奇遇的那一段。」前方一個很漂亮的女同學對我微笑。

我的心臟漏跳半拍，真沒想到我也會有這麼風光的時刻。

直到下課後，我還沉浸在如夢似幻的掌聲中，這是虎爺離開後頭一次我覺得自己重新拾回感覺。

「林允樂，」梁燕翹起椅腳，伸長了脖子跟我說話：「如何，高興了吧？」

「嗯，還好啦。」我斂起笑容。

「幹嘛，你還在為了虎爺離開而傷心嗎？唉唷，你想想看，虎爺這次下凡完成了任務，搞不好回去上面還能升官，你應該為祂高興才對呀。」她挑眉。

「我不是不明白這些道理，但，唉，我就是難過嘛。」我垂頭喪氣地說。

「以後還有機會養別的狗呀。」

「別的狗都不是虎爺。」

「真的嗎？」梁燕從書包取出一本狗狗圖鑑，翻到其中一頁。「那一隻可愛的博美狗呢？」她再翻到下一頁。「還是長毛臘腸犬？」

圖片上的小狗每一隻都很可愛，彷彿都在對我搖尾巴。

再養一隻狗來作伴嗎？這個念頭在我的腦海中打轉，雖然其他狗都比不上虎爺，但是為了媽媽的健康，或許我們該再次嘗試寵物治療，況且，書頁上的小狗真的都很可愛耶。

「你爸媽昨天打電話到我爸的獸醫診所，說要領養一隻小狗。你媽媽連寵物洗毛精都買好了呢。」梁燕驀地摀住半張臉。「啊，我不該告訴你的，我答應他們要保守祕密，因為看到你這麼難過，讓我忍不住想要逗你開心，唉，我真是個大嘴巴。」

我噗哧而笑，道：「沒關係，我比較習慣這樣的妳。」

到了放學時間，我幾乎是用跑的衝出校門口，我迫不及待想要立刻和家裡新養的小狗見面，一秒鐘都不想再等。

「喂，死矮子。」一隻手橫越我的面前，擋住了我的去路。

我心不甘情不願地停下腳步，赫然驚見攔下我的是那三名學長，許久未見，我還以為他們已經忘記要來找我的麻煩了，結果他們只是休了個假，然後重新上工。

「笨蛋，今天忘記繞路了嗎？這裡是我們的地盤，你想從這條路過，就要付過路費。」學長炫耀似地秀出手中的原子筆。「來畫個烏龜吧？」

「能不能放過我？我今天真的沒心情。」我嘆氣。

「臭矮冬瓜，還敢頂嘴？」一個學長推了我一把。「以為我們在跟你開玩笑嗎？把身上的錢拿出來。」

沮喪一如往常包圍了我，我放棄與他們爭辯，態度順從地伸出手掏著口袋，希望能用幾枚零錢打發他們，然後盡快回家去。

「不可以給他們錢！」梁燕大喊。

我回頭，發現梁燕大步向我們走來。

「不可以姑息這些流氓，你絕對不能給他們錢。」梁燕雙眼圓睜，毫不畏懼地瞪著比我們高了一個頭的學長看。「快走開，不然我要跟老師說你們勒索同學。」

學長聞言哈哈大笑，其中一個滿臉痘子的站著三七步，不屑地對我說道：「唉唷，矮冬瓜，你還要靠女人幫忙啊？」

另一個有口臭的則轉向梁燕，色瞇瞇地打量她的前胸。「學妹，要不要陪學長去逛逛呀？」

一股勃然的怒氣湧上我的心頭，我大吼道：「夠了，不要騷擾我朋友！」

我的表情扭曲，怒火像蓬勃的火山運動，霎時間，梁燕和學長們都為之震懾——可惜只有短短三秒——學長回神後罵了一長串三字經，連錢也不想要了，捲起袖子打算把我痛揍一頓。

「梁燕，妳快走。」我挺起單薄的胸膛，往梁燕前面一站。

「笨蛋，你那麼矮，哪裡打得過他們。」梁燕不肯。

一聲哨音劃破空氣，「嗶——」

「你們在幹什麼？」只見丁丁，不，丁老師怒氣沖沖地小跑步過來，後面還跟著好幾個我們班的同學，我認出在歷史課對我比大拇哥的男生，還有那個很漂亮的女同學。

「幹，是老師。」學長哀號，轉身想落跑。

「不准跑！」又是短暫卻響亮的哨音，丁丁像一陣旋風似地衝到我們面前，伸出食指不停地戳學長們的腦袋。「敢欺負我的學生？」丁丁再戳，「你們哪一班的？老師是誰？」丁丁把學長們戳得節節敗退。

丁丁真是太帥氣了。

「老師，是誤會啦，我們只是在聊天。」學長求饒。

「最好是啦。要不是其他學生叫我過來，我們班這兩個同學不曉得會被你們欺負得多慘。」丁丁翻了個白眼。「我鄭重警告你們，只要還是我們學校的學生，老師我就不會撒手不管。想去警察局嗎？我絕對奉陪。」

「對不起，下次不敢了。」學長們鞠躬哈腰地道歉。

「沒有下次了。」丁丁雙眼一瞪，學長們立刻像喪家犬般夾著尾巴開溜。「至於你們，林允樂和梁燕，國中生不許談戀愛，知道了嗎？」

「我們沒有……」我瞠目結舌地回答。

談戀愛？梁燕和我？老師是從哪兒聽來的八卦啊？

「最好是沒有啦，趕快回家寫作業。」丁丁輕推我們的肩。

「老師再見。」梁燕裝模作樣地跟老師揮手，目送老師返回校園。

「到底誰跟老師亂說一通？」我用眼角偷瞄梁燕。

「不知道啊，我的眼光有那麼差嗎。」她撇撇嘴。

我們站在原地，交換了一個尷尬又哭笑不得的眼神。

「那個，要不要去我家看狗？」我抓抓頭。

「好啊。」梁燕咧嘴一笑。

九　歌　少　兒　書　房　2　7　0

我的虎爺好朋友

國家圖書館出版品預行編目（CIP）資料

我的虎爺好朋友 / 海德薇著 ; 王淑慧圖 . -- 初版 . -- 臺北市 : 九歌 , 2018.09

面； 公分 . -- (九歌少兒書房 ; 270)

ISBN 978-986-450-208-0(平裝)

859.6　　　　107013034

著　　者——海德薇
繪　　者——王淑慧
責任編輯——鍾欣純
創 辦 人——蔡文甫
發 行 人——蔡澤玉
出　　版——九歌出版社有限公司
台北市 105 八德路 3 段 12 巷 57 弄 40 號
電話／ 02-25776564・傳真／ 02-25789205
郵政劃撥／ 0112295-1

九歌文學網　www.chiuko.com.tw

印　　刷——晨捷印製股份有限公司
法律顧問——龍躍天律師 ・ 蕭雄淋律師 ・ 董安丹律師
初　　版——2018 年 9 月
初版 3 印——2021 年 5 月
定　　價——260 元
書　　號——0170265
I S B N——978-986-450-208-0